Como Viver para Sempre

Como Viver para Sempre

Colin Thompson

Tradução: Ibraíma Dafonte Tavares

Copyright do texto © 2004 by Colin Thompson
Copyright das ilustrações © 2004 by Colin Thompson

Primeira edição publicada originalmente pela Random House Austrália Pty Ltd, 2004.

Grafia atualizada segundo o Acordo Ortográfico da Língua Portuguesa de 1990, que entrou em vigor no Brasil em 2009.

Título original
HOW TO LIVE FOREVER

Preparação de Texto
SYLMARA BELLETTI

Revisão
ALBA R. SPINARDI; FÁTIMA COUTO;
ROBERTA STRACIERI; VERBA EDITORIAL

CIP Brasil. Catalogação na Fonte
Sindicato Nacional dos Editores de Livros, RJ.

T389c
    Thompson, Colin, 1942
    Como viver para sempre / texto e ilustrações de Colin Thompson ; tradução de Ibraíma Dafonte Tavares. — 1ª ed. — São Paulo : Escarlate, 2013.

    Tradução de: How to Live Forever.
    ISBN 978-85-66357-22-6

    1. Ficção infantojuvenil inglesa. I. Tavares, Ibraíma Dafonte. II. Título.

                                                       CDD: 028.5
13-01070   CDU: 087.5

6ª reimpressão

Todos os direitos desta edição reservados à
SDS EDITORA DE LIVROS LTDA.
Rua Bandeira Paulista, 702, cj. 71d
04532-002 — São Paulo — SP — Brasil
☎(11) 3707-3500
🔗 www.companhiadasletras.com.br/escarlate
🔗 www.blogdaletrinhas.com.br
📘 /brinquebook
📷 @brinquebook

À memória de Beryl Graves
1915 – 2003

Deya, Maiorca, 1968
Eu estava na varanda da casa de Robert Graves com a sua esposa, Beryl, quando ela disse:

"Lembre-se. Um dia, estes serão os seus bons tempos".

Gostaria que Beryl tivesse sido minha mãe.

Chovia quando as aulas terminaram. Uma chuva pesada e fria caía de um céu de inverno escuro, transformando a tarde em noite. Eram apenas três horas da tarde, mas todas as luzes da rua estavam acesas, e as vitrines das lojas cintilavam como pinturas vívidas. As ruas estavam quase desertas, pois todos se abrigavam da tempestade. Quem não podia esperar corria de uma porta a outra, protegendo a cabeça.

Encharcado, Pedro corria debaixo da chuva, chapinhando nas poças, até que, a certa altura, percebeu que não havia mais razão para correr: já alcançava as grades do museu. Diminuiu então o passo e saboreou a expectativa de passar pelos portões.

Do outro lado do gramado, o museu se erguia sólido e acolhedor, como se sempre tivesse estado ali, e as paredes – construídas com imensos blocos de granito –, plantadas no chão, pareciam uma árvore com raízes profundas. Pedro atravessou os portões e sentiu, como sempre, que entrava em outro mundo, um mundo que o isolava dos perigos e dos problemas. Fora dali, ele tinha a sensação de ser uma peça de quebra-cabeça guardada na caixa errada, mas, no museu, sentia-se protegido.

Agora, estava em casa.

– Olá, Pedro – cumprimentou-o segurança. – Como foi na escola?

Mas Pedro já estava em outro mundo e não o escutou.

– Sempre sonhando – o homem comentou, com um sorriso, observando a figura magra e molhada a dançar pelas poças de água formadas entre os paralelepípedos.

Pedro subiu os degraus e se abrigou da chuva sob os altos arcos. Um bando de pombas infelizes se amontoava no topo das colunas, enquanto pardais chilreavam ansiosamente à espera de que a tempestade cessasse. Um grupo de turistas japoneses, embaixo de guarda-chuvas, desceu a escada e entrou em seu carro iluminado.

Uma piscina formou-se ao redor dos pés de Pedro, que

começou a tremer. Era pequeno para um menino de dez anos e estava mal agasalhado, mas o fato de estar ensopado não diminuía sua felicidade. Pedro colocou a mão aberta sobre a coluna de pedra, como já fizera centenas de vezes. Mesmo nessa tarde escura, a pedra cinzenta estava quente, como se fosse viva. Queria abraçar a coluna, porém ficou inibido por causa das pessoas ao redor.

Enquanto olhava os visitantes partirem, tomou a decisão que ensaiava havia meses. Nessa noite, perguntaria à mãe o que exatamente tinha acontecido com seu pai. Ele já tentara saber, mas a angústia dela diante da pergunta sempre o impedia de prosseguir. Dessa vez, iria obrigá-la a contar tudo.

Pedro empurrou a porta enorme e entrou. Estava mais quente lá dentro, e o ambiente cheirava a história, um aroma suave e envolvente, antigo e intemporal, com um toque de decadência.

O porteiro cumprimentou Pedro com um gesto familiar, quando o menino atravessou, correndo, o saguão em direção às galerias.

Pedro mal olhou para as peças expostas, antiguidades esplêndidas, cuja idade era difícil calcular. Já as vira antes, mas, embora jamais se cansasse delas, estava com frio demais para parar.

Na galeria dos fósseis, seu olhar foi atraído para uma peça nova, exposta em uma vitrine. Era o esqueleto do morcego gigante *Pteropus patagonicus*, que, de acordo com a plaquinha, vivera duzentos milhões de anos antes, nas montanhas da Patagônia. Pendurado no teto, bem alto, havia um modelo do animal em pleno voo, criação da imaginação de um artista. O modelo estava suspenso por cabos finos, como um planador prestes a voar ao passado distante. Seus olhos brilhavam na semiescuridão, como duas estrelas amarelas, e pareciam seguir Pedro pela galeria.

O menino parou embaixo do modelo e olhou para cima. Imaginou-se no dorso do animal, agarrado à sua pele, voando durante a noite para lugares assombrosos.

– Olá, Pedro – cumprimentou-o a funcionária da galeria.
– Como foi na escola? Não, não me diga. Uma chatice?
– Sim – ele respondeu.
– Criatura magnífica, não? – a funcionária comentou.
– Fantástica!

A essa altura, Pedro sentia tanto frio que, em vez de se demorar entre os fósseis, subiu correndo as escadas que atravessavam os salões dos cavalos de porcelana chinesa. Examinaria o morcego mais tarde. Passou pelas salas das múmias e dos manuscritos e chegou ao último piso, que ficava aninhado logo abaixo do telhado, onde as salas eram menores e o teto, mais baixo. Dava para ouvir a chuva batendo contra as telhas, mais forte do que nunca.

No final do corredor, encontrava-se uma sala pequena onde se perfilavam vitrines repletas de livros antigos, encadernados em couro. O corredor parecia ser o único acesso à sala, mas Pedro encaminhou-se até uma das vitrines e a puxou. Os livros eram falsos e disfarçavam uma porta que levava ao pequeno apartamento onde Pedro morava.

– É você, Pedro? – perguntou uma voz em outro cômodo.

– Sim, vovô – ele respondeu.

– Você se molhou? Choveu a tarde toda.

– Sim.

– Vá se trocar enquanto eu ponho o jantar no forno e faço um chá – o velho disse, saindo da cozinha.

O avô de Pedro parecia um mago de livro infantil. Seu cabelo era branco como a neve e se misturava a uma barba tão comprida que caía por dentro da camisa. Mago ou não, usava um avental e tinha as mãos sujas de farinha. O velho era o zelador do museu, a pessoa que, todas as noites, recolhia as chaves, trancava os portões de fora e as portas principais, isolando Pedro, a mãe dele e a si mesmo do restante do mundo. Os três viviam congelados no tempo e na cadência das relíquias adormecidas do passado. Era ele também quem preparava o jantar, enquanto a mãe de Pedro trabalhava em um dos escritórios do museu.

Pedro foi até o avô e o abraçou. Se o museu era o centro do universo de Pedro, o velho era o centro do museu. Pedro não se lembrava do pai. Jamais vira uma única fotografia dele. Porém, nenhum pai teria sido tão maravilhoso quanto o avô. Até começar a frequentar a escola, Pedro pensava que era assim que todas as crianças viviam. Com o avô e com a mãe, só. Descobriu a existência dos pais na escola, e também um vazio interior que nunca tinha percebido.

– Veja o que você fez – o velho disse. – Ficou todo coberto de farinha.

Seu tom, porém, não era de repreensão. Suas mãos grandes haviam deixado o neto branco. Em compensação, Pedro molhara o avô com a água da chuva. O menino olhou para o velho e sorriu. Estava seguro novamente.

O apartamento estava aquecido e dourado com a luminosidade que vinha da lareira acesa. Os cômodos estavam atulhados com todo tipo de coisa, como uma réplica do próprio museu. E isso não era de surpreender. Tudo ali vinha do museu – móveis antigos retirados de grandes residências, velhos demais ou sem nada de especial para serem postos em exibição; animais empalhados que haviam perdido os pelos ou a pele; panelas e potes velhos; e um milhão de itens que a população doava ao museu por achar que, por serem velhos, seriam expostos em vitrines. Todas as noites, Pedro, o avô e a mãe usavam pratos de porcelana e sólidos talheres de prata. Até mesmo o gato, Arquimedes, comia em uma tigela de cristal. O avô de Pedro brincava que um dia o apartamento seria posto em exibição, e que eles passariam a jantar diante do olhar do público.

Pedro foi para o quarto e tirou as roupas molhadas. Sentou-se na cama, confiante e feliz. Fora do museu, ele era apenas o menininho tímido que não tinha pai e não convidava ninguém para visitá-lo, mas ali, em seu quarto, dentro do apartamento, dentro do museu, era um príncipe. Embora fosse sozinho, Pedro raramente se sentia solitário. Deitava-se nos travesseiros abraçado a Arquimedes e viajava a terras distantes e lugares fantásticos.

Dois andares abaixo, em seu escritório branco, a mãe de Pedro trabalhava diante do computador. Na memória da máquina, armazenava catálogos com tudo o que havia no museu, dos imensos mármores egípcios ao menor osso do menor musaranho pré-histórico, passando pelo pano com que o avô de Pedro limpava a pia, que já pertencera à cozinha da terceira dama de companhia da rainha Vitória.

Depois de trocar de roupa e de secar o cabelo, Pedro sentou-se com o avô diante da lareira, e eles conversaram sobre o dia, como faziam todas as tardes. Arquimedes roçou as pernas do menino, feliz por encontrá-lo, depois de passar o dia dormindo na cama dele. O dia de Arquimedes era a noite, e o seu império eram os cantos e os corredores secretos do museu. Ninguém sabia quantos anos tinha, nem uma vez, em sua longa, longa vida, ele se aventurara fora do museu.

– Viu o morcego? – o velho perguntou.

– Sim, é lindo – Pedro respondeu. – Eu estava com muito frio e por isso não olhei com atenção, mas achei-o deslumbrante.

– Sabia que o professor Rottnest fez o modelo a partir de um desenho meu?

– Uau! – Pedro exclamou. – Como dá para saber a aparência de uma criatura só por pedaços do esqueleto?

– Existem maneiras... – Então, mudou de assunto. – Como foi na escola?

– O mesmo de sempre – Pedro disse.

– Uma chatice! – os dois troçaram em uníssono.

– Imagino que o fato de você morar aqui não ajude muito – o avô comentou, abraçando o neto. – A maioria das pessoas mora em uma casa de frente para uma rua, às vezes com um jardinzinho nos fundos. Quantos vivem dentro do maior museu do mundo, cercados por tantas peças esplêndidas? Comparada a isso, a escola deve ser mesmo muito chata.

– Pois é.

– Bem, as férias começaram – o velho disse. – Você vai poder passar o dia todo no museu.

Pedro não tinha nenhum amigo especial na escola. Tinha Arquimedes, a mãe e o avô. O que mais poderia desejar? Na escola, era como se olhasse a todos através de uma vitrine, como se não estivesse na sala com eles. Também não tinha vontade de levar qualquer colega para dormir no museu. Isso estragaria a magia.

– Vovô, quero saber sobre meu pai – sentia-se inseguro de perguntar ao velho sobre o filho dele.

– Não há muito para saber. Um dia ele foi embora e nunca mais voltou.

– Sim – Pedro respondeu –, mas nem o senhor nem a mamãe tocam no assunto.

O avô de Pedro disse alguma coisa sobre o jantar e voltou para a cozinha.

– Vou perguntar a ela hoje à noite – Pedro gritou para o avô.

O velho não respondeu, e Pedro retornou à galeria dos fósseis para dar mais uma olhada no morcego gigante.

Desde que começara a dar os primeiros passos sozinho, Pedro usava o tempo livre explorando o museu, não apenas as áreas visitadas pelo público diariamente, como também todos os locais escondidos e os depósitos esquecidos. Gostava mais quando não havia ninguém por perto, de manhã bem cedo, quando apenas as faxineiras se moviam em silêncio de galeria em galeria, ou à noite, quando todos já tinham ido embora. As noites de verão eram as melhores, pois o sol se punha tarde e as sombras compridas que ele produzia davam ao ambiente um encanto especial. A cidade, que se estendia para além dos jardins, das paredes altas e das grades, parecia estar a milhões de quilômetros; o zumbido do trânsito era como a respiração de um animal adormecido.

Quando todos dormiam, Pedro pegava a chave mestra do avô, no gancho próximo à porta, e saía para explorar. Ele e Arquimedes andavam de sala em sala, às vezes juntos, às vezes não.

As noites de verão, iluminadas pela lua no silêncio de pedra das grandes galerias, eram o momento em que Pedro se sentia mais tranquilo; imaginava que, numa dessas noites, poderia virar uma esquina e dar de cara com o pai.

De vez em quando, Arquimedes vagueava por um corredor não utilizado, e Pedro o seguia na ponta dos pés. O corredor parecia não conduzir a lugar algum, mas, quando Pedro dobrava uma esquina, Arquimedes tinha desaparecido. O gato ficava sumido por dias a fio, mas o avô de Pedro se mostrava vago e despreocupado quando o neto comentava o assunto com ele.

– Arquimedes está bem – ele dizia. – Conhece este lugar melhor que ninguém. Ele tem lá as coisas dele para cuidar, coisas de gato. Logo voltará.

É claro que sempre voltava. Com um solavanco suave, Arquimedes subia na cama, esfregava a testa no cabelo de Pedro e ronronava tão alto que o menino, ainda meio adormecido, imaginava que o gato tentava lhe dizer alguma coisa.

– Bem que eu queria entender – Pedro dizia. – Queria saber por onde você andou.

Arquimedes se aninhava a seu lado, no travesseiro, e os dois amigos caíam no sono. No inverno, o gato se enfiava debaixo das cobertas, perto dos pés de Pedro.

Havia segredos no museu, coisas entrevistas pelo canto dos olhos, movimentos bruscos, luzes e ruídos abafados, especialmente durante a noite. Tudo aparentemente fora de alcance, como se alguém chamasse através da neblina, como se algo perdido ou preso tentasse fazer contato. Pedro tinha certeza de que Arquimedes conhecia os segredos, mas naturalmente o gato não tinha como lhe contar. Se é que queria contar. Os gatos eram criaturas reservadas, que guardavam tudo para si.

2

Às seis da tarde, a mãe de Pedro chegou. Ela se jogou na cadeira, exausta. Era a mesma coisa todos os dias. As pessoas passavam o expediente inteiro perguntando a ela onde estava isso, quem tinha aquilo, por que aquelas coisas não estavam onde deveriam estar. Sentia-se cansada demais para falar e enquanto ficava ali, fitando o fogo, distraída, Pedro e o avô desceram para recolher todas as chaves e trancar o museu.

Ao lado da porta principal, eles receberam as chaves de todos os funcionários das galerias, que saíam para o mundo de fora. Quando as noventa e sete chaves foram reunidas e o último funcionário partiu, eles atravessaram o jardim para trancar os portões com uma chave tão pesada que Pedro só conseguiu segurá-la ao completar três anos de idade. Quando adquiriu força suficiente, implorou ao avô que o deixasse levar a chave, e essa se tornou a rotina, uma rotina que nem Pedro nem o avô desejavam interromper.

A seguir, voltaram para dentro, trancaram a porta principal e subiram ao apartamento.

– Hora de jantar – o velho disse.

– O senhor diz isso todas as noites, vovô – Pedro comentou.

– Bem, é hora de jantar – o velho riu, mexendo no cabelo do neto.

– E sempre diz isso quando chegamos à décima quinta escada.

– Nesse caso, amanhã esperarei até a décima sexta.

Depois do jantar, Pedro disse à mãe:

– Quero saber do meu pai.

A mãe ficou em silêncio e fitou o fogo. Começou a falar, mas logo apertou os lábios e se calou. Pedro viu lágrimas nos olhos dela. Isso sempre acontecia quando ele lhe perguntava sobre o pai, e a visão da infelicidade da mãe sempre o impedira de ir adiante. Dessa vez, porém, insistiria.

– Por favor – ele pediu.

– Ele tem o direito de saber – disse o avô, que geralmente não interferia na conversa.

– Não há muito a dizer – a mãe de Pedro começou. – Ele foi embora um pouco antes de você nascer.

– E onde está?

– Não sei. Jamais tive notícias dele.

– Mas...

– Não é o que parece – o avô interveio, tentando defender o filho. – Certa noite, ele saiu do apartamento para fazer o serviço que eu faço hoje, e nunca mais o vimos.

– Como eu disse, ele foi embora.

– Tenho certeza de que ele não tinha essa intenção – o avô de Pedro disse. – Quero dizer, a chave da porta principal estava pendurada no gancho. Tudo estava trancado. Ele não tinha como sair do museu. Simplesmente desapareceu.

– O que quer dizer com isso? – Pedro perguntou.

– Quero dizer que ele simplesmente desapareceu – o avô respondeu –, evaporou!

– Mas...

Aquilo não tinha sentido. As pessoas não evaporam, nem se desintegram, nem mesmo dentro dos museus, onde tudo é muito velho.

– Dá no mesmo – a mãe disse. – Ele nos abandonou.

Ela estremeceu e se aproximou da lareira.

– Às vezes – acrescentou – este lugar me dá calafrios.

O avô contou que eles tinham vasculhado todos os corredores e todas as galerias. Chegaram até a chamar a polícia, mas não encontraram pista alguma, um lenço caído ao lado de uma porta fechada, um pedaço de tecido rasgado, nem uma carta ou vestígios de sangue, nada.

– Sei que deveria ter lhe contado – a mãe de Pedro disse, com uma voz sem emoção –, mas nada havia a dizer, a não ser que ele tinha sumido, e tocar no assunto não o traria de volta. Serviria apenas para que nós não esquecêssemos.

Ela suspirou e se levantou. Dirigiu-se a Pedro e o abraçou.

– Bem, agora você sabe tanto quanto nós – ela disse, triste. – Vou me deitar.

Quando ficaram sozinhos, o avô fez Pedro se sentar, e os dois fitaram o fogo.

– Deve ter acontecido alguma coisa com ele – o velho disse, balançando a cabeça. – Ele não iria embora sem dizer uma palavra. A menos que não tivesse escolha.

– Como ele era? – Pedro perguntou.

– Como você – o avô respondeu. – Era parecido com você, um menino magricela como você, os mesmos olhos castanhos, o mesmo cabelo desalinhado, que parece despenteado mesmo depois de escovado. Vocês têm muitas semelhanças.

O velho fechou os olhos e sorriu.

– Sabe – ele disse –, antes eu fechava os olhos e o via como se estivesse mesmo aqui, mas a cada ano fica mais difícil lembrar os detalhes. Então – ele acrescentou com um sorriso –, basta olhar para você.

Pedro ficou triste como o avô. Como o velho, sentia um vazio dentro de si, no lugar que o pai deveria ocupar. Ele se sentou perto da cadeira do avô e pousou o braço em seu ombro.

– Sabe de uma coisa? – o velho prosseguiu. – Continuo acreditando que ele está em algum lugar por aqui.

– Como assim?

– Os corredores e as salas que você explora durante a noite, aonde ninguém vai, alguns não parecem infindáveis? Eu acho que ele está perdido ou preso e não consegue voltar – o avô disse.

Então, ao ver a expressão do neto, acrescentou:

– Achava que ninguém sabia das suas aventuras? Talvez a sua mãe não saiba, mas eu sei. Eu gostaria de ser mais jovem para acompanhá-lo, mas sinto muita necessidade de dormir ultimamente.

– A esta altura, com certeza, ele já teria achado o caminho de volta – Pedro disse.

— Talvez, mas você verá que aqui há lugares por onde não se pode andar.

Antes que Pedro conseguisse pedir explicações, o avô voltou para a cozinha.

— Vá fazer a lição de casa — ele mandou. — Já é tarde.

— As aulas acabaram, vovô. Não tenho lição — Pedro respondeu, mas o avô já remexia potes e panelas na pia, cantarolando baixinho.

Pedro sentou-se na cadeira da mãe e olhou fixamente para o fogo. Muito bem, perguntara sobre o pai, mas não descobrira nada de novo. Pôs-se a pensar se estariam escondendo alguma coisa dele. Obviamente, a ideia de que o pai poderia estar preso em algum lugar do museu dava às suas explorações uma nova importância. Agora tinha algo para procurar, apesar da possibilidade assustadora de que, depois de tanto tempo, o pai pudesse estar morto.

A dança das chamas já começara a hipnotizá-lo quando ouviu um estrondo na cozinha, ao qual se seguiu um silêncio.

Pedro correu e encontrou o avô sentado no chão, tão branco quanto o próprio cabelo.

— O que aconteceu, vovô? — Pedro perguntou, com medo de tocá-lo.

— Não foi nada – o velho respondeu –, só uma pontadinha no coração.

— Quer que eu chame a mamãe?

— Não, não, companheiro, não é preciso. Para que deixá-la preocupada? É só o velho Eisenmenger. Nada de mais. Logo estarei bem.

Pedro ficou assustado. Nunca vira o avô daquele jeito e percebeu que havia algo errado. Não tinha ideia do que poderia ser um Eisenmenger, mas parecia sério. As doenças pouco importantes costumavam ter nomes mais simples, como gripe ou tosse.

— Não há motivo para se preocupar – o avô disse. – Vou me sentar um pouco e logo estarei bem.

— Tem certeza?

O velho assentiu com a cabeça. Pedro se aproximou e tentou levantar o avô, sem sucesso. Então, ajoelhou-se, sem saber o que fazer.

— Não vai contar à sua mãe, não é? – o avô pediu. – Sabe como ela é.

Quando Pedro começou a fazer objeções, o velho repetiu que estava tudo bem, mas o menino sabia que ele estava mentindo.

Pedro sempre imaginara que o avô viveria eternamente.

Se ele morresse, Pedro e a mãe provavelmente teriam de deixar o museu e morar em outro lugar. O menino sempre pensara que, mais velho, assumiria o lugar do avô quando ele se aposentasse.

Ele terminou de lavar a louça, e quando secou o último prato, o avô já estava sentado na cadeira, novamente corado. Pedro fez uma xícara de chá para o avô e foi para a cama, não sem antes ouvir novamente que estava tudo bem e prometer que nada contaria à mãe.

Nessa noite, tinha a cabeça cheia demais para sair em suas jornadas exploratórias. Deitou-se na cama e fitou a escuridão. Impossível dormir com tantos pensamentos desordenados. Sua inquietude perturbou Arquimedes, e o gato saiu sozinho.

No centro do museu ficava a biblioteca, uma sala circular, grande como uma catedral. Distribuídas ao longo das paredes altas, treze galerias de livros, cada uma ligada à de baixo por uma escada de metal. E, acima das galerias, um anel de cento e quatro janelas sustentava o imenso teto abobadado, pintado de azul-celeste.

Na biblioteca e nas centenas de depósitos por trás das galerias estavam todos os livros já escritos. Alguns estavam nas prateleiras desde a fundação do museu, e milhares permaneciam intocados há centenas de anos.

Alguns jamais haviam sido lidos.

Ninguém conhecia os segredos fantásticos ocultos em suas páginas. Segredos sobre alquimia, imortalidade ou uma técnica para ensinar as galinhas a falar poderiam estar à espera de serem descobertos.

Todos os dias, a biblioteca se enchia com o ruído dos passos de pessoas que subiam e desciam as escadas retirando livros. Ao contrário do que acontece nas bibliotecas de bairro, porém, o leitor tinha de preencher um formulário explicando por que queria aquele livro específico. Também não era permitido levar o livro para casa. Era necessário examiná-lo em uma das cento e cinquenta mesas com tampo de couro que se enfileiravam diante das escrivaninhas das bibliotecárias, situadas no centro da sala. Todos os dias, às nove da manhã, cidadãos de todo o mundo formavam filas na porta da biblioteca para ter acesso ao cérebro de todos os escritores e aos mais variados temas.

Uma vez lá dentro, eles se dirigiam à bibliotecária e faziam o pedido. Então, um exército de funcionários estudava minuciosamente as intermináveis prateleiras, vasculhando, com cuidado, as treze galerias e os depósitos adjacentes até encontrar o que os leitores queriam. Havia um movimento incessante de livros, já que as bibliotecárias viviam reorganizando-os e catalogando-os novamente. Tão logo todos estavam acomodados, novos exemplares chegavam, e as prateleiras precisavam ser arrumadas mais uma vez.

Normalmente, Pedro via a biblioteca apenas à noite, pois só maiores de dezoito anos tinham permissão para fazer pesquisas ali. Havia momentos em que ele precisava de material para a escola. Nessas ocasiões, esperava a hora do dia em que o último visitante saía e as bibliotecárias guardavam todos os livros.

– Olá, Pedro – disse Brenda, uma delas. – Mais pesquisa para a escola?

– Sim – Pedro respondeu.

Ele explicou que precisava pesquisar sobre Eisenmenger, mas não podia explicar por quê. Se alguém percebesse que seu avô estava doente, poderia despedi-lo.

– Parece um tema muito complicado para um menino de dez anos – Brenda disse.

– Sim. Por isso preciso pesquisar.

– Tem ideia do que é isso?

– Alguma doença – Pedro respondeu. – Eu acho – acrescentou apressadamente.

Nenhum dos dois sabia direito como se escrevia a palavra, mas, depois de algumas tentativas, Brenda encontrou-a no computador.

— É, você está certo — ela disse. — Siga-me.

Brenda levou Pedro à nona galeria. Ela parou e olhou para baixo, sorrindo, com a mão apoiada na balaustrada. As bibliotecárias eram importantes demais para procurar os livros ali em cima. Elas passavam o dia inteiro na ilha de escrivaninhas no centro da sala. Aquele trabalho era responsabilidade do exército de assistentes.

— Acho que há uns dez anos que eu não subia aqui — ela comentou. — Venha.

Havia mais de trezentos dicionários médicos em inglês, um sem-número em todas as línguas que se possa imaginar e alguns em outras inimagináveis.

— Pode escolher — Brenda disse.

Pedro pegou um livro e achou a página.

Eisenmenger, síndrome de. *s.* Defeito do septo interventricular que causa severa hipertensão pulmonar, hipertrofia do ventrículo direito e cianose latente ou manifesta < *descrita por Victor Eisenmenger em 1897* >

Antes de ler o verbete, Pedro desconhecia o significado de uma só palavra. Agora esse número aumentara, mas havia termos para os quais ele não precisava de explicação.

"Defeito" e "severa", por exemplo, que pareciam muito ruins. Tensão também não era uma coisa boa, por isso, Pedro concluiu que "hipertensão" era ainda pior, como quando uma criança corre para lá e para cá e os adultos dizem que ela é hiperativa. Ele pegou mais dicionários e procurou as outras palavras, mas cada explicação continha mais termos desconhecidos, e logo o menino se viu cercado por uma pilha de livros e mais confusão. Porém, descobriu que o avô tinha um buraco no coração.

– Achou o que queria? – a bibliotecária perguntou, enquanto o seguia pela biblioteca.

Como não conseguiu dizer nada, o menino apenas assentiu com a cabeça. Pedro não encontrara o que queria. Encontrara o que não queria, algo que confirmava seus piores temores, e agora gostaria de não tê-lo feito. A palavra em si, Eisenmenger, não parecia tão ruim, mas o que estava escrito no dicionário era terrível. O texto dizia que a doença era severa. O avô iria morrer, e Pedro não poderia salvá-lo. Se houvesse cura, com certeza o dicionário a teria mencionado.

Sempre que se sentia triste, Pedro se refugiava nos corredores secretos, onde poderia ficar só. Atrás das galerias abertas ao público, existiam dezenas de depósitos escuros e atulhados com tesouros e teias de aranha, alguns dos quais não eram visitados havia trinta, quarenta ou até cem anos. Aparentemente, ninguém sabia dizer quantas salas havia nem o que estava guardado nelas. No computador, a mãe de Pedro mantinha milhões de peças catalogadas, mas apenas as que estavam expostas ou guardadas nos depósitos regulares. Essa lista não registrava nem um décimo dos tesouros escondidos no museu.

Sob o telhado, espremido entre o madeiramento, ficava um sótão, e era para lá que Pedro ia quando desejava estar só. Sentia-se mais confortável ali do que em outros lugares. Os corredores eram mais estreitos; as salas, com seu teto baixo e inclinado, menores e mais aconchegantes. Além disso, elas estavam sempre cheias de coisas confortantes, como ursinhos de pelúcia e poltronas velhas. À parte o gato Arquimedes, os pés de Pedro foram os únicos a subir aquelas escadas nos últimos anos.

O sótão dispunha de claraboias sujas e cheias de teias de aranha. Através delas, era possível avistar o telhado do museu e os das casas da cidade. O vidro estava tão sujo que Pedro imaginou ver a cidade tal qual ela era uma centena de anos antes. Ali era tão alto que não se escutava o som do trânsito, e o menino chegou a pensar que escutava o clip-clop de cavalos e vozes distantes.

Pedro dirigiu-se à sua sala predileta e se sentou no velho sofá desbotado, cercado por um oceano de ursos de pelúcia puídos. Arquimedes dormia em uma das almofadas; Pedro colocou-o no colo e chorou em seus pelos. Odiava o doutor Eisenmenger, mesmo sabendo que era ridículo culpá-lo pelo problema do avô.

Talvez a tristeza profunda pelo desaparecimento do filho tivesse aberto o buraco no coração do velho.

Tinha de ser isso. As pessoas não ficam com buracos no coração de uma hora para outra. Sendo assim, se ele encontrasse o pai e o trouxesse de volta, o buraco poderia se fechar e o avô voltaria a ficar bem.

– Temos de encontrá-lo – disse a Arquimedes. – Ele tem de estar em algum lugar.

A estante falsa que levava ao apartamento em que Pedro morava não era a única porta secreta. Elas estavam em toda parte, embora a maioria das pessoas não soubesse onde. Pedro, porém, tinha um bom faro para elas. Ao olhar para uma parede com painéis de carvalho, sabia instintivamente se existia uma passagem secreta. Um giro em um entalhe e uma grande coluna de pedra, aparentemente fixa como uma montanha, abria-se e revelava uma escada subterrânea em espiral. Um deslizar de dedos sobre uma saliência e uma parede girava, para dar acesso a uma sala do tamanho de uma casa.

Quando Pedro fizera cinco anos, o avô lhe dera de presente um diário encadernado em couro, com uma fechadura de latão e uma chave dourada. Desde então, ele desenhava mapas. No diário, havia diagramas de corredores que se ramificavam como teias de aranha. Desenhos de centenas de portas com instruções de abertura, coisas como a maneira de dobrar o dedo para destravar o ferrolho. E também instruções de como fechar a porta de modo que ninguém o seguisse, além de extensas listas de coisas fantásticas que Pedro não queria esquecer. Tudo era segredo. Nem o avô nem a mãe sabiam que ele levava a chave dourada em um cordão fino, preso ao pescoço.

O pai continuava a frequentar seus pensamentos, e Pedro sentia que, de alguma forma, ele ainda estava vivo. Na manhã de segunda-feira, depois que a mãe foi para o escritório, Pedro conversou com o avô.

– Tenho certeza de que ele está em algum lugar. Nunca vi ninguém, nem mesmo uma pegada, mas, às vezes, tenho uma sensação muito forte de que estou acompanhado.

– Eu não alimentaria muitas esperanças – o velho disse. – Faz muito tempo. Você nem era nascido quando ele desapareceu.

– Eu sei – Pedro respondeu –, mas tenho de tentar.

– Só não quero que fique desapontado – o velho retrucou.

– Andei tanto quanto consigo em um dia, mas nem assim cheguei ao fim – Pedro disse. – Existe sempre mais uma porta e mais um canto. Se eu for mais longe, talvez não consiga voltar na hora do jantar. E a mamãe?

– Não se preocupe com ela. Digo que você foi visitar um amigo. O que, de certa forma, é verdade. Pegue, já não é sem tempo – o velho disse, entregando a Pedro uma fotografia.

Um rosto familiar lhe sorriu, familiar não porque reconhecesse suas feições, mas porque se tratava de uma versão mais velha da imagem que vira no espelho pela manhã. Era a primeira vez que via uma foto do pai. Ele estava encostado em uma das colunas de mármore da galeria egípcia principal, sorridente e descontraído, como se não tivesse qualquer problema na vida. Pedro observou que aquela coluna era a única na sala que tinha uma porta secreta, e ficou pensando se o pai teria conhecimento disso. Será que a foto continha uma pista do desaparecimento dele? Pedro já entrara naquela passagem secreta, mas, pelo que se lembrava, ela dava em um corredor de depósitos.

– O senhor tem alguma ideia do que pode ter acontecido a ele? – Pedro perguntou.

O velho negou com a cabeça. Abraçou o neto.

Então, sem dizerem mais nada, o avô voltou para o pão que estava fazendo, e Pedro subiu ao sótão. Normalmente, ele ia devagar, parando nas salas conhecidas para apreciar os tesouros favoritos. Dessa vez, porém, passou correndo pelos locais que já conhecia, até chegar ao limite das jornadas anteriores.

O corredor dobrava para a esquerda, para a direita e para a esquerda novamente. A cada trinta passos, mais ou menos, uma claraboia filtrava uma luz empoeirada, e as salas continham sempre as mesmas coisas: ursos, brinquedos, pilhas de revistas, roupas velhas e móveis tortos.

De repente, o ar, que até então parecera não ter temperatura, começou a esfriar. Pedro sentiu um leve cheiro de fumaça e, lá longe, pensou ter ouvido uma voz. Longe demais para decifrar as palavras. Parou e apurou os ouvidos, mas não escutou nada. Começou a chover lá fora, uma chuva leve a princípio, como um sussurro, e depois mais forte, a ponto de abafar os outros sons.

Pela primeira vez na vida, Pedro sentiu medo. Sabia que nada tinha a temer. Passara a vida no museu, mas agora parecia haver algo estranho no ar, algo que não sentira antes. Em todas as explorações que fizera pelos corredores e túneis ocultos, jamais chegara ao final, mas sabia que tinha de existir um fim.

"Nada dura para sempre", ele pensou, embora tivesse a sensação de que algumas coisas talvez durassem.

Ao passar debaixo das claraboias, sentiu a chuva bater contra o vidro como punhos minúsculos. Os cantos escuros pareciam abrigar figuras ameaçadoras, que se fundiam às paredes, e as pessoas de semblante rabugento, retratadas em quadros antigos, observavam-no. Vozes sussurrantes ecoavam pelo sótão, avisando da chegada iminente de Pedro.

Ele apressou o passo. Disse a si mesmo para parar e voltar ao apartamento, porém sabia que tinha de prosseguir. Sentiu os olhos se encherem de lágrimas e começou a correr. Os corredores ficavam cada vez mais escuros e pareciam intermináveis, como um labirinto, levando-o cada vez para mais longe, em direção às sombras inexploradas. Ele correu mais rápido, mas a cada esquina um novo corredor aparecia.

Pedro encostou-se na parede para recuperar o fôlego. Algumas teias de aranha se prenderam em seu cabelo, e ele as afastou com a mão. Sentou-se e, lentamente, começou a se acalmar. Desejou que Arquimedes estivesse ali, mas o gato saíra durante a noite e não havia retornado.

Pedro tinha ido longe demais e não conseguiria voltar ao apartamento antes do anoitecer. Parou, dividido entre os corredores à frente e o pensamento de que a mãe ficaria preocupada com ele, no entanto, sabia que o avô resolveria o problema nessa noite. Era a primeira vez que ficava fora de casa até tão tarde. Sempre encontrava mais uma esquina para dobrar, mais uma escada para subir, mas, até esse momento, sempre parara e voltara.

Dessa vez era diferente. Algo o chamava e o impedia de se sentir culpado ou preocupado em relação à mãe. Pedro ouviu um barulho à frente e Arquimedes surgiu.

– Olá, Arquimedes – o menino disse, acariciando-o. – Como é que chegou aqui antes de mim?

Ele pegou o gato no colo e o afagou. Quando Pedro estava triste, com medo ou machucado, Arquimedes sempre o fazia sentir-se melhor. Quando acordava de um pesadelo, o peso do gato sobre o acolchoado era suficiente para lhe oferecer segurança.

– Sabe de uma coisa? – ele disse ao gato. – Acho que você é meu melhor amigo.

Arquimedes esfregou o focinho no queixo de Pedro e ronronou alto. Por um segundo, o menino foi invadido por uma onda de tristeza diante do pensamento de que o melhor amigo não podia conversar com ele.

Abraçado a Arquimedes, Pedro sentiu-se seguro novamente. A chuva era apenas chuva, e as vozes sussurradas tinham silenciado. O gato pulou no chão e dobrou a esquina.

Pedro costumava imaginar que Arquimedes sabia falar. Tinha conversas mentais com o animal, e, nesse momento, o gato lhe dizia para segui-lo.

Os corredores eram ainda mais escuros nesse ponto, as claraboias eram menores e as teias de aranha, mais espessas, de modo que a luz era mais fraca. Tudo estava imerso em uma semiescuridão, e as portas pelas quais passavam também tinham teias de aranha. Porém, com Arquimedes trotando à frente, Pedro deixou de sentir medo.

Dava para perceber no ar que ninguém andava por ali havia tempo. Experimentou algumas portas, mas elas estavam trancadas. Pôs-se a imaginar por que se dar ao trabalho de trancá-las, já que ninguém visitava o lugar.

O corredor virava à esquerda, depois à direita e, mais uma vez, à esquerda, tornando-se sempre mais escuro, até ficar mais parecido com um túnel. Virando mais uma esquina, deu em um beco sem saída.

À frente, uma parede sem marcas, sem porta, sem indício de porta, sem uma reentrância que pudesse esconder um ferrolho, nada. Ainda assim, era evidente que não fora sempre assim. Alguém erguera uma parede de tijolos no meio do corredor. Arquimedes farejou o chão e soltou um som agudo.

— O que foi? – Pedro perguntou, agachando-se ao lado do gato. – Não vejo nada.

Levantou-se e se virou. Estava realmente infeliz. Não porque todas as portas estivessem trancadas ou porque tivesse chegado tão longe para nada, mas porque o lugar cheirava a decrepitude e morte, algo avassaladoramente deprimente e triste, como nenhum outro ponto do museu. Todos os outros lugares eram repletos de mistério, de milhões de coisas do passado que mantinham a magia; porém, ali, o tempo havia parado. O que quer que estivesse atrás das portas permaneceria desconhecido para sempre. Seria algo terrível demais para alguém presenciar? Seria simplesmente chato? Ou as salas estariam vazias? O museu inteiro parecia acolhê-lo, e somente ali Pedro se sentia um invasor.

— Vamos lá, gatinho, vamos embora – ele disse. – Isto aqui é horrível.

Arquimedes, porém, ignorou-o. Foi até a última porta à direita e bateu nela com a pata.

— Não, vamos embora, gato, estão todas trancadas – Pedro disse. Ao se virar, porém, ouviu uma voz.

5

—Trouxe-o até mim, amiguinho?

Era uma voz de mulher, aguda e quebradiça como papel amassado, e vinha de trás da porta que Arquimedes arranhava. A primeira reação de Pedro foi correr. Seu coração disparou, a respiração se acelerou. A ideia sensata de que não poderia haver ninguém ali cruzou sua mente, mas logo desapareceu. Pois havia alguém ali. A menos que fosse um fantasma. No fundo da alma, sempre sentira que não estava sozinho nessa imensa cidade de corredores e salas desertas.

Nunca houvera indício algum que o levasse a tirar essa

conclusão, nem um som sequer, uma pegada no pó, uma impressão digital nas portas ou um fragmento de lixo deixado para trás. Ele apenas sentia outra vida.

— Vamos, vamos — a voz disse e, tentando parecer um pouco mais suave, acrescentou: — Traga-o para dentro.

Arquimedes empurrou a porta com a pata. Pedro tirou as teias de aranha do caminho e seguiu o gato. Lá dentro, foi envolvido pelo cheiro de livros úmidos e roupas molhadas. Também havia um aroma de terra encharcada de chuva e uma mistura de todos os outros cheiros que Pedro já experimentara: alguns deliciosos, como o de aguarrás e o de rosas; outros desagradáveis, como o de mofo e o de repolho.

— Vamos, vamos — a voz incitou-os. — Não tenho o dia todo.

Pedro perscrutou a escuridão.

— Bem, na verdade, tenho o dia todo — a voz continuou, agora conversando consigo mesma. — Tenho o dia todo e todos os dias, todos os dias que se foram e todos os que estão por vir. Tenho todos eles, querendo ou não, e a maioria deles eu não quero, nem quis. Cem anos sentada à janela, até conhecer cada grão de areia do cimento que assentou os 687 tijolos que vejo naquelas duas chaminés, uma delas morta, a outra soltando a fumaça de inverno produzida na lareira, em torno da qual você, sua mãe, seu avô e Arquimedes se reúnem. Conheço os 1.704 padrões de fumaça que ela produz. Sei de cor os milhões de padrões que o gelo forma nas janelas nas manhãs de inverno e seria capaz de desenhá-los vendada. Disponho de uma quantidade infinita de dias, e graças a isso minha alma virou pó. Meu coração está morto, mas não para de bater. Venha cá, meu jovem, venha até a luz.

Pedro caminhou pelas sombras. No centro de um tapete persa com vários centímetros de altura de sujeira, cercada por móveis escuros, viu as costas de uma cadeira velha. A voz vinha dali. Era uma voz rápida e aguda, cheia de impaciência.

– Venha, venha – ela disse. – Ande logo. Não temos tempo a perder. Mas o que são alguns minutos a mais depois de todos estes anos perdidos? Que diferença podem fazer uns minutos ou até mesmo alguns dias? Nenhuma, absolutamente nenhuma. Um segundo ou um século não faz diferença.

Pedro aproximou-se. Uma senhora pequena, de cabelo branco, estava sentada na cadeira. As teias de aranha, onipresentes, agarravam-se nela também, misturadas ao cabelo, ambos finos e prateados. Pedro observou o seu rosto, e o que viu lhe pareceu ser a aparência da morte. A mulher aparentava ser muito, muito velha, quase velha demais para estar viva. A pele era pálida e enrugada, quase transparente. Os cílios se mostravam cansados a ponto de não conseguirem se erguer, mas, ainda assim, Pedro percebeu nos olhos dela algo da juventude da própria mãe. Queria correr, mas os pés não saíram do lugar.

– Oh – ela disse ao ver o menino. – É você, o garoto, tão crescido, tão parecido com o pai. Eu pensei... bem, não importa o que eu pensei. Perdi a noção do tempo, e ele se perdeu de mim.

Aparentemente, ela esperava outra pessoa. Pedro aguardou que a velha dissesse quem deveria ter chegado em seu lugar, mas ela não o fez. Acenou-lhe com impaciência.

– Bem, me ajude – ela disse. – Tenho de lhe contar tudo? Imagino que sim, imagino que sim.

– Eu não esperava... – Pedro começou.

– Esperava, esperava, esperava o quê? – a velha devolveu. – Ninguém espera. Quem espera? Você? Eu certamente nada espero, mas ainda assim espero tudo, sim, tudo e nada. Afinal, qual é a diferença? Ah, muita filosofia com certeza!

Ela se levantou da cadeira de espaldar alto e parou na frente de Pedro. Dava na altura dos ombros dele. O tempo parecia tê-la transformado no menor adulto que ele já vira; ela não era apenas baixa, mas pequena por inteiro, como se tivesse encolhido.

Arquimedes ronronou e esfregou-se nas pernas dela. A velha era tão frágil que quase perdeu o equilíbrio.

– Tenha cuidado, amigo peludo – ela disse –, ou vai me derrubar. Até parece que não me vê há dias.

– Eu não esperava encontrar alguém – Pedro explicou.

– Não seja ridículo – a velha retrucou. – É claro que esperava. É claro que esperava. Por que veio até aqui, então?

– Eu estava apenas explorando – Pedro mentiu, incapaz de falar do pai com uma estranha.

– Não, não, não, não. Não é assim fácil – a velha disse. – Sou Betina. Sim, sim, Betina. Que estranho!

– O quê?

– Meu nome, meu nome. Há dez anos que não ouvia meu nome. Ou seja, provavelmente há dez anos não ouço o som de minha própria voz. A menos que eu fale dormindo. Eu falo dormindo? Eu falo no sonho dos outros, mas será que falo durante os meus? Quem saberá?

Ela resmungou baixinho que Pedro tinha levado muito tempo para achá-la.

Pedro pensou em protestar. Explorava o museu desde que

aprendera a andar. Percorrera milhares de corredores e inúmeras salas. Como poderia saber que ela estava ali?

– Mas você sempre soube que eu estava aqui – Betina disse.

– Eu... bem... eu...

– Diga a verdade, criança, sabia que eu estava aqui.

– Não. É como se eu pensasse que havia alguém – Pedro tentou explicar.

– Talvez, talvez – a velha retrucou –, mas sempre esteve a caminho daqui.

– Mas...

– Eu não falava com você nos sonhos? É claro que sim, é claro que sim.

Pedro lembrou-se de sonhos estranhos nos quais uma pessoa que jamais via o chamava com palavras que ele nunca conseguia ouvir direito. Esses sonhos quase o tinham enlouquecido, até que ele aprendeu a interrompê-los, acordando. Quando os sonhos vinham, ele se sentava no escuro e balançava-se, para a frente e para trás, até a voz sumir.

– Era a senhora? – ele perguntou. – Eu não conseguia ouvir. Pensei que fosse apenas um pesadelo.

Betina pareceu surpresa.

– Ora, as pessoas... – ela disse, sacudindo a cabeça. – Pareço um pesadelo? É melhor não responder. Eu pareço mesmo um pesadelo. São os ratos, são os ratos. Eles fazem ninho no meu cabelo. Sim, sim, eu sei, e o meu rosto tem mais rugas que um papel bem amassado.

Ela pegou as mãos de Pedro e o olhou nos olhos. O toque daquelas mãos, frias como um frango congelado, fez Pedro estremecer. Os olhos dela, negros como a noite, miraram bem em seu coração.

– Escute – ela disse com uma voz subitamente suave –, não tente ser tão velho. Só as crianças têm a mente aberta, porém, quando elas se tornam adultas, as portas se fecham, as cortinas caem e a visão delas fica prejudicada, você sabe. Não deixe isso acontecer com você. Siga o exemplo de Arquimedes e aceite tudo. Está pensando que nada disto pode estar acontecendo. Lembre-se de que, às vezes, o que é real pode parecer um sonho e o que parece um sonho pode ser real. Você estava perambulando por aí, como sempre fez desde que aprendeu a andar, e afinal me encontrou. Sim, sim, encontrou. Você viu tantas coisas esplêndidas e surpreendentes neste lugar, coisas que nenhum ser vivo viu nem poderá ver, mas, como é criança, imaginou que fossem normais. Você nunca questionou nada, nem uma porta colocada em um lugar estranho, nem um artefato que só existe aqui, que não pode ser encontrado em nenhum livro, talvez em nenhum planeta, em nenhuma época. Você aceitou tudo. Portanto, aceite que me encontrou.

— Mas isso é diferente — Pedro respondeu. — A senhora está viva. Todo o resto são objetos que não se mexem. Como consegue coisas como comida?

— Ah, a comida — Betina disse, com o olhar distante. — Como sinto falta de comida! Coelho, cozido, torta de maçã, sanduíche de toucinho. Daria um olho para prová-los novamente, para senti-los limpar as teias de aranha da minha garganta. Sim, pois hoje não preciso de comida. Faz tanto tempo que não como que tenho medo de ter esquecido como se faz. Minhas entranhas estão cheias de pó.

Nesse ponto, ela acordou do devaneio e disse:

— Escute, deve me aceitar com a mesma naturalidade com que aceitaria um livro. Se não acreditar em mim do fundo do coração, não poderei ajudá-lo.

— Ajudar em quê?

A velha fez uma pausa.

— Sem joguinhos, sem perguntas — ela respondeu. — Sei tudo o que você sabe. Sei que seu pai foi embora e que seu avô está doente.

— Mas... — Pedro tentou protestar. Ficou perturbado com a ideia de uma estranha conhecer todos os seus pensamentos.

— Não tenha medo — a velha disse. — Sei tudo o que acontece neste lugar, na sua cabeça e na de todos. Arquimedes me mantém informada. Sei que o doutor Eisenmenger mora no coração do seu avô.

— Oh! — Pedro exclamou. — E o meu pai? Sabe onde ele está?

Betina ignorou a pergunta e, antes que Pedro pudesse repeti-la, agarrou-o pela mão e o arrastou até a janela, com força e rapidez notáveis. Remexendo nas roupas, ela achou um livrinho que entregou ao menino. Era muito velho, encadernado com um couro macio, gasto pelo manuseio de milhares de mãos. Na lombada, uma inscrição em ouro:

Como Viver para Sempre

— Tome — ela disse.

Pedro abriu o livro, mas não conseguiu ler uma palavra. A velha pegou-o de volta e fechou-o com violência.

— Você não deve lê-lo — disse. — Sinto muito. Deveria ter dito antes de entregá-lo. Você tem de levar o livro para o Menino Velho. Sim, sim, é isso que tem de fazer. Leve o livro ao Menino Velho e todos os problemas serão resolvidos. Existe um segredo. Não sei o que é, mas sei que ele existe e que só o Menino Velho o conhece. E lembre-se: acima de tudo, acima das nuvens e do céu, não conte isso a ninguém, ninguém, nem mesmo a seu avô. E jamais leia o livro.

– Mas... – Pedro protestou.

– Acredite em mim – Betina disse –, se ler o livro, viverá para sempre. Sim, é isso mesmo, para todo o sempre, sem amém no final.

– E o que há de errado nisso? – Pedro perguntou. A ideia de não envelhecer, não ficar doente, viver para sempre, parecia maravilhosa. Obviamente, todos desejam isso.

– Não se vive para sempre – a velha explicou. – Para-se de crescer. Quantos anos você tem? Dez? Quer ter dez anos para sempre? Quer ver sua mãe envelhecer e morrer, quer ver seus amigos crescerem, se apaixonarem e terem filhos, enquanto você fica com dez anos para sempre? Não, não, não.

– Eles não poderiam ler o livro também? Meu avô não pode ler?

– Se todos lessem o livro, o tempo pararia – a velha explicou. – Todos viraríamos estátuas. O tempo morreria. Os relógios parariam de funcionar. Não, criança, não leia o livro, não importa quem lhe peça isso. Prometa-me que jamais voltará a abri-lo.

Ela escondeu o livro entre as dobras das roupas e arrancou a cortina de veludo vermelho da janela.

— Tomarei uma precaução — ela disse e, rasgando a cortina em tiras, amarrou o livro até ele ficar parecido com uma múmia. A seguir entregou-o a Pedro.

— Você deve encontrar o Menino Velho. Ele tem todas as respostas. Agora, prometa-me que, não importa o que aconteça, não importa seu grau de desespero, não importa quem lhe peça, jamais lerá o livro. Estas são as palavras mais importantes que você já escutou na vida. São, sim. Inscreva-as a fogo no cérebro e no coração. Nunca, nunca, nunca leia o livro. Promete?

Pedro assentiu com a cabeça. Não tinha palavras. Ou melhor, havia tantas palavras rodando em sua cabeça que ele não sabia quais escolher. Para começar, se o livro era tão perigoso, por que a velha o estava dando a ele? Se ninguém podia lê-lo, qual a necessidade de levá-lo embora? Por que a velha simplesmente não o queimara?

Percebendo a confusão do menino, Betina pegou-o pelo braço e disse:

— Vejo que não está convencido. Venha comigo. Vou lhe mostrar.

Ela o conduziu a um cômodo quase vazio. Não havia

tapetes sobre o assoalho, e a única peça de mobília era uma cômoda encostada na parede mais distante. Em todos aqueles anos de exploração, Pedro jamais vira uma sala como aquela. Todos os locais que visitara eram atulhados de coisas.

Betina foi até a cômoda e abriu a gaveta de baixo.

– Venha cá – ela chamou –, me ajude a abrir. Faz cinquenta anos que não tenho força para fazer isso sozinha.

Pedro puxou a gaveta. Era inacreditavelmente pesada. Quando conseguiu abri-la, entendeu por quê. Estava cheia de tijolos velhos.

– Para mantê-lo seguro – Betina explicou. – Há dias em que a mente dele vagueia, e o corpo quer segui-la. Venha, ajude-me a tirá-los daqui.

– Para manter quem seguro?

– Você verá – Betina respondeu.

Pedro esvaziou a gaveta, que foi retirada pela velha e colocada de lado.

– Agora, a de cima – ela disse.

Aquela também estava cheia de tijolos, que Pedro removeu. O mesmo aconteceu com as duas gavetas superiores. Quando as quatro gavetas foram esvaziadas e retiradas, Betina se inclinou e entrou na cômoda.

– Venha – ela disse. – Siga-me.

Retirando uma chave do bolso, ela abriu uma porta pequena no fundo do móvel. Pedro arrastou-se atrás dela até uma sala escura, sem janelas. Um cheiro forte de ar viciado invadiu-os como uma doença. A velha acendeu uma luz. Uma figura grotesca estava enrolada como uma bola no centro de um emaranhado de trapos e palha que cobria o chão. Parecia uma criança mais ou menos da idade de Pedro, porém, quando a criatura acordou, Pedro viu rugas profundas em seu rosto. "Criatura" era a única palavra para descrever aquela coisa que, visivelmente, um dia fora uma criança. Ela virou o rosto na direção da porta e apertou os olhos diante da luz que não via havia meio século.

– É a senhora, mamãe? – a criatura perguntou.

– Sim, querido – Betina respondeu.

A velha se ajoelhou ao lado da figura patética e aninhou a cabeça dela em seus braços frágeis.

– A senhora descobriu um jeito?

– Não – a velha respondeu. – Mas não vai demorar. Achei uma pessoa para levar o livro.

Ela começou a chorar e pegou o filho no colo. Choraram juntos, misturando as lágrimas. Arquimedes aproximou-se e roçou o focinho no rosto do menino.

Sentindo que também ia chorar, Pedro saiu da sala.

A velha não precisou lhe explicar, pois ele entendeu imediatamente. Aquela figura triste tinha lido o livro, e "um jeito" significava uma maneira de envelhecer e morrer.

– Aquele é Bernardo, meu filho – a velha disse, depois que as gavetas e os tijolos foram recolocados no lugar. – Quando o livro caiu nas minhas mãos, muitos anos atrás, pensei que fosse um presente de Deus. Meu precioso Bernardo estava quase morrendo de uma doença incurável, e eu achei que ele se salvaria se lêssemos o livro juntos. Você viu o resultado. Bernardo permaneceu no limiar da morte. O livro não cura, apenas congela o tempo. Meu lindo menino envelhece, você viu as rugas no rosto dele, mas não cresce nem irá morrer. Desde que leu o livro, ele nada bebeu, nada comeu, mas não consegue morrer, assim como eu.

– Não há nada que se possa fazer? – Pedro perguntou.

– Você tem de levar o livro até o Menino Velho – ela respondeu. – Assim, todos os que foram afetados pela maldição se libertarão.

– Como eu acho o Menino Velho? – ele perguntou.

– Não sei – Betina disse. – Acha que, se eu soubesse, não teria ido atrás dele há muito tempo?

– E o meu pai? – Pedro interrogou-a.

A velha se virou, mas ele a segurou pelos ombros. Ela parecia um saco de gravetos, daqueles bem finos que o avô usava para acender a lareira. Era tão magra que Pedro achou que viraria pó se a apertasse demais.

– Conte-me – ele insistiu.

– Aqui – a velha disse, enfiando a mão na roupa. – Pegue isto.

Ela entregou a Pedro um relógio de pulso. Faltava metade da pulseira de couro. A outra metade estava rachada. Os ponteiros, parados, marcavam duas horas e vinte minutos, mas não dava para saber se eram duas da tarde ou da madrugada.

– É dele – ela explicou.

Pedro olhou o relógio, boquiaberto.

– Está quebrado – ele disse.

– Não, está apenas adormecido. Quando você chegar ao mundo em que ele está, o relógio começará a funcionar novamente. Agora vá e encontre o Menino Velho.

– Mas por onde eu começo?

– Siga-me – Betina gritou. – Sim, sim, isso mesmo. Siga-me. Sei por onde começar, mas isso é tudo o que sei.

A velha voltou ao corredor e foi contando as portas. Perdeu a conta duas vezes, então, mandou Pedro retornar e contá-las de novo.

– Setenta e três – ele disse.

– É na 92 – Betina disse. – Sim, 92.

Chegaram à nonagésima segunda porta, mas ela estava trancada.

– Talvez seja na 93 – Betina sugeriu, porém ela também estava trancada. – Eu não morro, mas o mesmo não acontece com minha memória.

Depois de mais algumas tentativas, Betina imaginou que talvez 192 fosse o número.

– Sim, sim – ela disse. – É aqui. O lugar cheira do lado de fora.

Arquimedes já estava lá, sentado.

– Tanta conta – a velha disse –, quando bastaria ter seguido o gato.

Ela abriu a porta, e então, em vez de outra sala, surgiu uma escada que mergulhava na escuridão.

– Desça – ela ordenou, segurando as mãos de Pedro. – Não conte a ninguém sobre nosso encontro. Nem a seu avô.

– Mas... – ele começou.

– Não, nem mesmo a ele – Betina disse. – Sei que você o ama do fundo do coração, mas nem ele deve saber do nosso encontro, nem do livro.

– Mas talvez ele pudesse ajudar – Pedro argumentou.

– Não, não – Betina insistiu. – Ele poderia ter medo de perder você como perdeu o filho, e tentar impedi-lo de ir.

– Ir? Ir para onde?

– Não posso dizer mais nada – Betina retrucou.

Ela se virou e foi embora.

– Vai dar tudo certo – disse.

Ao dobrar uma esquina do corredor, acrescentou, agourenta:

– Embora não tenha dado antes.

Pedro fitou o relógio. Virou-o para cima e para baixo e o levou ao nariz, para ver se sentia o cheiro do pai. Tentou dar corda nele, mas não adiantou.

O relógio do pai.

O pai o tocara, dera corda nele e ajustara os ponteiros. Com lágrimas nos olhos, Pedro enfiou o relógio no bolso e seguiu Arquimedes escada abaixo.

Pedro e Arquimedes saíram na galeria ao lado do apartamento. A parede se fechou atrás deles. O menino observou-a de todos os ângulos com seu olho de *especialista*, mas não descobriu como abri-la pelo lado de fora.

O apartamento estava escuro, e ele foi para a cama imaginando o que fazer em seguida. Já tinha decidido que não iria contar à mãe sobre o relógio; entretanto, não sabia como resolver a questão com o avô.

Era impossível dormir. A respiração de Pedro produzia pequenas nuvens brancas em contato com o ar frio, mas o menino queimava por dentro. Sentia-se muito distante até mesmo do avô, para quem não tinha segredos.

Não até esse momento.

Sabia que estava prestes a partir, embora não tivesse a menor ideia de seu destino nem soubesse se iria voltar.

As lágrimas lhe rolavam pelo rosto, e ele ficou surpreso diante do próprio choro. Tinha a cabeça tão cheia que nem notara que estava chorando. Queria ir para a cama da mãe e se aconchegar nos braços dela. Queria conversar com o avô e lhe dizer adeus, mas sabia que não podia fazer nem uma coisa nem outra. Contava apenas com Arquimedes, porém o gato saíra correndo tão logo voltaram ao apartamento.

Pedro permaneceu deitado no escuro, segurando o livro. Sentiu-o mexer-se dentro da prisão de veludo vermelho. A vontade de rasgar as tiras ficava cada vez mais forte. A voz de Betina ecoava em sua mente, repetindo sem parar o mesmo aviso...

"Prometa-me que, não importa o que aconteça, não importa seu grau de desespero, não importa quem lhe peça, jamais lerá o livro."

Porém, outra voz, mais sombria e mais distante, dizia-lhe que a velha era uma tola, que ela estava enganada e não havia mal algum em dar uma espiada no livro e ler algumas palavras da primeira página.

Pedro pegou a ponta da tira de tecido e a enrolou entre os dedos.

– *Isso mesmo, não tenha medo* – uma voz sombria disse. Havia outra coisa. Ele não sabia de onde viera aquela ideia, mas, de repente, ela estava lá, dominando-lhe os pensamentos. Tinha de colocar a fotografia do pai dentro do livro.

Pedro acendeu o abajur para dar uma última espiada nela. Fitando os olhos sorridentes do pai, tentou adivinhar no que ele estaria pensando. No pulso dele, viu o relógio que Betina tinha lhe dado. O menino segurou o relógio na frente da foto, como para mostrá-lo ao pai, mas sentiu-se estúpido e o colocou de volta no bolso.

Ele apagou a luz e retirou a primeira tira de veludo. A seguir, procurou a ponta da segunda. À medida que desamarrava o livro, via Bernardo encolhido em seu leito de palha.

– Não! – Pedro gritou.

Ele saltou da cama e acendeu a luz. A claridade pôs fim à tentação. O menino pegou a foto do pai e, de olhos fechados, enfiou-a no meio do livro, forçando-a entre as páginas sem erguer a capa. Recolocou as fitas, uma a uma, em torno do exemplar e foi até a cozinha atrás de um barbante, para amarrá-lo ainda mais em um oceano de nós.

Na escuridão, viu que uma figura estava recurvada sobre a mesa. Seu coração disparou.

Seria seu pai? Teria ele estado no museu o tempo todo, escondendo-se de todos por razões que Pedro desconhecia?

Não, era seu avô. O velho estava imóvel e não ouvira Pedro chegar. O menino pôs-se a observá-lo com a respiração contida, pois não queria que ele o escutasse. Obviamente, o velho queria ficar sozinho.

– Será que um dia isto terá fim? – ele murmurou, com um grande suspiro.

Enquanto o avô falava sozinho, Pedro saiu da cozinha na ponta dos pés, antes que a vontade de correr e abraçar o velho tomasse conta dele.

Não voltou ao quarto. Com o livro parcialmente esquecido, desceu ao museu deserto. Uma grande tristeza o invadiu. Como todas as crianças, Pedro tinha crescido acreditando que as pessoas a quem amava viveriam para sempre, e agora percebia que não seria assim. Seu avô morreria, e, um dia, sua mãe também.

"Talvez todos nós pudéssemos ler o livro", ele pensou.

Lembrou-se, porém, das palavras de Betina: "Prometa-me que, não importa o que aconteça, não importa seu grau de desespero, não importa quem lhe peça, jamais lerá o livro".

Se isso não bastasse, havia a imagem de Bernardo deitado na palha.

"Deve haver exceções", Pedro pensou.

E se alguém estivesse doente, como seu avô? Com certeza essa pessoa poderia ler o livro. Mas Pedro sabia que, mesmo que o velho lesse o livro e vivesse para sempre, ele ficaria como o filho de Betina, eternamente doente. Seria pior.

Não, Pedro tinha de achar o Menino Velho. Segundo Betina, ele resolveria tudo.

Nessa noite, o silêncio das galerias parecia ainda mais pesado. Não havia sinal de Arquimedes, e até mesmo a poeira fina que costumava dançar ao luar permanecia imóvel sobre as vitrines.

– *Venha aqui.*

Era a voz que tentara convencê-lo a ler o livro. Ela não estava realmente ali, mas dentro da cabeça de Pedro, e não estava próxima, e sim em um corredor distante, chamando-o.

Pedro sentiu que enveredava por um caminho que não tinha escolhido. Foi andando sem pensar até chegar a um lugar que não visitava havia anos. Era uma sala anexa à galeria egípcia principal, uma sala pequena e estranha, que dispunha apenas de uma cadeira e uma vitrine com um gato mumificado, enfaixado com um tecido desbotado.

— *Sente-se* — a voz disse. — *Relaxe.*

Pedro sentou-se. Estava muito cansado. Ele fechou os olhos e sentiu que ia dormir.

— *Não durma.*

Dois grandes braços invisíveis saíram de trás da parede e o envolveram. A princípio, eles foram gentis, mas logo apertaram o abraço e dificultaram a respiração de Pedro. O menino entrou em pânico, pois não conseguia se libertar. Ele abriu a boca para gritar, mas quem quer que o estivesse segurando calou-o antes que pudesse emitir um som.

— *Não lute contra mim* — a voz disse. — *Não desperdice as suas forças.*

A cadeira se inclinou para trás e parou, perfeitamente equilibrada sobre duas pernas.

— *Nos vemos mais tarde* — a voz disse, agora muito distante.

A cadeira se inclinou ainda mais para trás, passando do ponto de equilíbrio. Os braços que seguravam Pedro com tanta força desapareceram, e a cadeira caiu, deixando o menino esparramado no chão, sozinho, no escuro.

Ele se levantou, subitamente alerta, e percebeu que não estava mais na sala anexa. As paredes haviam se tornado curvas e cheias de livros. Pedro se virou. Estava na biblioteca.

Era a nona galeria.

Exceto pelo fato de que tudo estava diferente.

Quando Pedro se sentara na sala do gato mumificado era noite; agora, o dia já raiara. O sol nascente entrava pelas janelas e se refletia no teto decorado e curvo, enchendo a biblioteca com um brilho dourado intenso. As nuvens pareciam ter entrado com o sol. Pairavam no alto, escuras e nervosas.

À medida que o sol subia, o dourado dava lugar a uma nova luz, a luz de um novo dia. Do lado de fora, acima do domo, o céu escureceu ainda mais, embora do lado dentro a luminosidade tivesse aumentado. Uma névoa subia, e a grama sob seus pés...

"Grama, que grama?", Pedro pensou.

... estava coberta de orvalho.

Pedro olhou para os pés e viu uma grama macia no lugar em que deveria estar o piso de aço da galeria. Uma trilha gasta no gramado acompanhava a curva do recinto nas duas direções. Um passarinho pousou na balaustrada, a alguns centímetros de Pedro. Ele inclinou a cabeça para um lado e, se é que isso é possível para um pássaro, sorriu para o menino como se dissesse: "Nunca o vi por aqui antes".

A grama, porém, não era a principal diferença.

A névoa dissipou-se aos poucos e revelou um lago no ponto em que deveriam estar o piso de mogno e as fileiras de mesas envernizadas. O lago se estendia de um lado a outro da biblioteca, um oceano infinito de água que chegava ao nível da primeira galeria. No meio dele, onde antes ficavam as mesas das bibliotecárias, erguia-se uma ilha; através da névoa só se podiam ver os picos das montanhas. O lugar parecia muito maior, quase tão grande quanto o mundo. Pedro inclinou-se sobre a balaustrada e fitou o lago, boquiaberto. Ficou encantado com sua magia. Ondas grandes e regulares transformavam a água em um acolchoado dourado a cobrir um gigante adormecido.

Um barco pequeno surgiu na outra extremidade. O som distante da descarga do motor atravessou o lago, mas logo foi abafado pelo barulho frenético de um bando de gaivotas.

Pedro considerou a cena ridícula. Dentro da maior biblioteca do mundo, no coração do maior museu do planeta, um pequeno lago. As pessoas poderiam se perguntar por que a água não transbordava pelas portas e se preocupar com o fato de todos aqueles livros antigos estarem cobertos por ela, mas Pedro sabia que nada disso era problema. A água era perfeita, mais perfeita do que foram, um dia, as mesas e as luminárias. Tão perfeita que nada podia estar errado. Obviamente, ele não poderia voltar pelas escadas em espiral, porém a ideia de fazê-lo parecia-lhe agora irrelevante.

No entanto, o lago também não constituía a maior mudança do ambiente. A grande diferença estava nos livros.

Pedro observou que, em todas as galerias da biblioteca, os livros tinham ganhado vida. Não eram mais objetos que pudéssemos segurar com as mãos, pois tinham, agora, a altura de uma casa, e, como em uma casa, apareceram portas e janelas nas lombadas. Várias janelas estavam iluminadas. Portas se abriam e pessoas entravam e saíam. Ao passar por Pedro, sorriam e lhe desejavam bom-dia, sem se mostrar minimamente surpresas por vê-lo ali. Todos os livros, agora transformados em moradias altas e finas, eram habitados por pessoas relacionadas ao título da obra. Pedro estava na parte da biblioteca que abrigava os livros de marcenaria. O ar recendia a aguarrás.

O cheiro de verniz de madeira misturava-se ao de cola e sândalo, e as pessoas corriam para as outras galerias para entregar cadeiras de bebê e banquinhos para ordenhar leite, bancos de jardim, *chaises-longues* e poltronas reclináveis.

Ao longe, um galo cantou. Um novo dia começava, mas um novo dia de outro mundo, não do mundo de Pedro.

– Há quanto tempo você está aqui? – perguntou uma voz atrás dele. – Esperávamos que chegasse na próxima semana.

O barquinho que navegava em meio à névoa ia exatamente na direção do menino. Quando Pedro se inclinou sobre a balaustrada para conferir o destino do barco, a voz se aproximou e repetiu:

– Ei, eu perguntei há quanto tempo você está aqui.

Arrancado de seu devaneio, Pedro virou-se.

– O quê?

A menina tinha mais ou menos a idade dele. Ela carregava Arquimedes no colo e lhe fazia cócegas atrás da orelha. Era magra como Pedro e tinha cabelos castanhos. E, como ele, tinha olhos castanhos agitados, que iam de um lado a outro sem se deter em nada. O primeiro pensamento de Pedro foi tirar o gato dela – Arquimedes pertencia a *ele* –, mas sabia que, no fundo, os gatos não pertencem a ninguém, ao contrário dos cachorros, que se entregam ao dono de coração.

A menina trajava um vestido branco de festa.

– Estou indo a uma festa – ela disse. – Você só deveria chegar na semana que vem.

– Do que você está falando? – Pedro retrucou.

– Você só deveria chegar na semana que vem – ela repetiu, como se estivesse conversando com alguém não muito inteligente.

– Não sou burro – Pedro respondeu. – Não precisa falar assim. Pelo que eu sei, não deveria ter chegado aqui nunca.

As meninas não eram a melhor coisa do mundo, e aquela ali era a prova disso.

– Deveria, sim – ela disse, dando um passo para trás –, mas só na semana que vem.

– Não – Pedro respondeu com firmeza. – Eu estava sentado na sala anexa do gato mumificado...

– Bastet, a Deusa Gata – a menina explicou.

– Sim. E, depois, eu caí e atravessei a parede.

– Sei.

– Aquela parede não fica perto da biblioteca – Pedro continuou. – Portanto, não faço a menor ideia de como vim parar aqui. Quero dizer, quando eu vim para cá, lá era noite.

– Exatamente – a menina disse. Como a resposta não tinha sentido, Pedro achou que ela estava tão confusa quanto ele.

Ela parecia um pouco constrangida e pôs Arquimedes no chão antes de estender a mão e se apresentar.

– Meu nome é Festa. Sou sua Zeladora.

– Zeladora? Como assim, zeladora? – Pedro perguntou. Zeladores eram velhos como o seu avô, que cuidavam dos prédios, não meninas estranhas em roupas de festa. Aquela biblioteca viva lembrava *Alice no País das Maravilhas,* mas a menina era ainda mais extravagante, e Pedro não tinha a menor intenção de apertar a mão estendida.

A fascinação por aquele lugar fantástico estava desaparecendo rapidamente, e Pedro queria achar a porta de volta à sala do gato mumificado.

– É minha função tomar conta de você enquanto estiver aqui – Festa disse. – Todo visitante dispõe de um Zelador. Fui designada para você porque nascemos exatamente no mesmo minuto. Desculpe, fui um pouco rude, mas disseram que você viria na próxima quarta-feira.

– Quem disse? Ninguém me disse nada – Pedro questionou.

– Na verdade, não sei quem são eles – Festa respondeu. – Um dia, duas pessoas vieram à nossa casa e disseram que você estava para chegar e que eu seria sua Zeladora. Explicaram que eu deveria esperá-lo aqui na próxima quarta-feira, verificar se você estava com o livro, levá-lo para a minha casa e esperar.

Papai e mamãe tomaram um pouco de champanhe para comemorar; eu também, mas não gostei.

– Livro? Champanhe?

– Exatamente. É claro que tínhamos de comemorar. É uma grande honra ser designada Zeladora.

A explicação de Festa serviu apenas para deixar Pedro mais confuso.

"Estou sonhando", pensou, mas, quando ele lhe deu um beliscão, a menina pulou para trás e gritou.

– Por que fez isso?

– Pensei que eu estivesse sonhando – Pedro respondeu.

– Você é muito estranho – Festa disse exatamente a mesma coisa que Pedro pensara dela, embora já não a achasse tão péssima como no início.

– Onde está o livro? – ela quis saber.

– Que livro?

– Você sabe, aquele que não deve ser lido.

– Como?

– Você se encontrou com a velha, não? Vai me dizer que isso não aconteceu ainda?

– Ah! – Pedro exclamou, voltando à realidade, ou tão próximo dela quanto possível. – Deve estar falando da velha do telhado?

— Sim — Festa respondeu. — *Como Viver para Sempre*. Aquele livro que ela lhe deu. Onde está?

— Debaixo da minha cama — Pedro respondeu. — Vamos lá pegar?

Festa pareceu confusa.

— Não, você não pode fazer isso — ela disse. — Deveria tê-lo trazido. Ninguém lhe explicou?

— Ninguém quem?

— Bem, espera-se que alguém explique tudo antes que a pessoa chegue aqui — Festa respondeu. — Tem certeza de que ninguém conversou com você? Quando foram à minha casa, disseram-me que você estaria a par de tudo e saberia o que fazer.

— Não sei do que você está falando — Pedro respondeu. — Talvez eu devesse ter conversado com meu avô. Talvez ele saiba o que fazer.

— Talvez — Festa disse.

— Mas Betina me disse que não era para conversar com ninguém, nem mesmo com o vovô — Pedro continuou. — Quem lhe contou sobre o livro?

— Não sei — Festa respondeu. — Minha mãe e meu pai, imagino. Todo mundo sabe do livro.

Essa informação confundiu Pedro de vez. Ainda não se convencera de que não estava sonhando. Porém, se tudo não passasse de um sonho, era hora de acordar e voltar para o quarto.

Só que ele não estava sonhando.

Quando andava pelos corredores ocultos do museu, de vez em quando se sentia no limiar de outro mundo. Pressentia que, a qualquer momento, atravessaria uma espécie de portal invisível e entraria em um lugar onde as regras normais não valiam, um lugar onde tudo era possível. Pedro concluíra que sua imaginação era fértil demais, mas a estranha fantasia havia se transformado em uma estranha realidade.

Percebeu que Festa também estava confusa e a ponto de explodir em lágrimas.

– Não acredito que ninguém lhe disse nada – ela choramingou, assustada.

Tinha sido mandona e rude ao ver que Pedro chegara antes da hora, porém agora voltara a ser uma menininha. Ela abaixou a cabeça e cruzou as mãos. Pedro sentiu pena dela.

– Tudo bem – ele a confortou. – Não sei do que você está falando, mas tenho certeza de que vamos resolver o assunto. Vou voltar e conversar com meu avô. Venha comigo, se quiser.

Pedro pôs a mão no ombro de Festa.

– Não podemos – ela respondeu.

Ele pensou que ela se referia ao aviso de Betina.

– Então vamos procurar as pessoas que foram à sua casa – ele continuou. – Elas saberão o que fazer.

– Eu não sei quem elas são – Festa respondeu. – Ninguém sabe. Elas simplesmente aparecem quando um visitante está para chegar.

A menina começou a chorar e, antes que Pedro conseguisse dizer alguma coisa, saiu correndo pela galeria.

– Aonde você vai? – Pedro perguntou.

– Segredo. Há... não tenho permissão para lhe contar – ela respondeu, visivelmente afogueada.

Ela parou um homem e lhe cochichou uma pergunta. O homem apontou para a escada e disse alguma coisa. Pedro só ouviu: "Nível três, eu acho, mas pergunte quando chegar lá".

– Por que não vamos perguntar aos seus pais? – ele sugeriu, enquanto a seguia pela escada de metal.

– Eles não sabem – Festa respondeu.

A menina se apressou. Ela pediu informações a outras duas pessoas, até que alguém disse "Nível dois".

– Vamos visitar os Três Sábios – Festa gritou para Pedro. – Eles vão resolver tudo.

– Três sábios? Parece uma boa ideia – Pedro disse. – Vamos lá.

– Foi exatamente o que eu disse – Festa retrucou.

– Está bem.

– Exatamente – a menina concluiu. – Eles moram na segunda galeria, no Sextante Chinês.

– Não seria no Quarteirão Chinês? – Pedro perguntou.

– Não. Quarteirão dá a ideia de quadrado, e a galeria é circular – Festa explicou. – Trata-se da sexta parte do círculo.

Ela tinha razão. Lá embaixo, na segunda galeria, havia uma fileira de livros decorados com imagens e caligrafia orientais. As portas e as janelas eram recobertas de fina laca vermelha, e, sobre os degraus das entradas de vários livros, estavam dispostos dragões entalhados em jade e pratos rasos vitrificados com pinturas de amoreiras.

– Com licença – Festa disse para uma senhora idosa que saía de um livro-mercearia. – Sabe me dizer onde moram os Três Sábios? Faz muito tempo que não venho aqui e acho que esqueci o endereço exato.

– Três Sábios? Três Sábios? – a senhora repetiu. – Três Patetas me parece uma definição melhor.

– Mas...

– Não chegam a ter inteligência suficiente para serem chamados de idiotas – outra velhinha disse.

– Você deveria perguntar ao Arquimedes – atalhou uma terceira.

— Mas ele é um gato, ora bolas — Festa retrucou. — Não entendo o que ele diz.

Ela fez cara de quem ia chorar de novo. As coisas estavam ficando complicadas demais.

— Ele se faria explicar melhor do que os três imbecis — a primeira velhinha disse. — Eles moram logo ali, mas você vai perder tempo. Eles não saberiam explicar como ferver a água sem "queimá-la".

— Bem, já que estamos aqui, vamos dar um pulinho lá — Pedro concluiu.

— Exatamente — Festa concordou.

Arquimedes estava esperando por eles à porta dos Três Sábios. Festa tocou a campainha. Ouviu-se uma comoção do lado de dentro.

— Não é a minha vez de abrir a porta — disse uma voz.

— Bem, fui eu que abri da última vez — respondeu outra voz.

— Pois eu *não posso* abri-la — replicou uma terceira voz. — Não lembro como é que se faz.

Diante do comentário, os outros dois sábios zombaram e riram, e todos começaram a discutir novamente.

— Vamos embora — Pedro sugeriu. — Eles parecem uns inúteis.

— Viram só? Igualzinho à última vez e à penúltima também — a segunda voz disse. — Estão indo embora.

– Não, por favor, não – Festa sussurrou, para que Pedro não ouvisse. – Por favor, abram a porta. Sejam sábios e, por favor, por favor, por favor, me ajudem.

– Você disse que abriu a porta da última vez – disse a primeira voz. – Se eles foram embora da última vez, você não abriu porta alguma.

– Eu não estava falando desse dia – a segunda voz respondeu. – Estava falando da última vez que a porta foi aberta, quando fomos às compras, ontem.

– Isso não conta – a primeira voz retrucou. – Eu estava falando de abrir a porta quando alguém toca a campainha.

– Qual campainha? – perguntou a terceira voz. – A campainha tocou? Tem alguém à porta?

Arquimedes empurrou a porta, e ela se abriu. Pedro e Festa seguiram o gato para dentro e ficaram parados diante dos três velhos, enquanto eles discutiam quem tinha esquecido de trancar a porta na última vez que haviam saído de casa, o que poderia ou não ter acontecido na véspera, quando tinham ido fazer compras, ou naquela manhã, quando um deles, não se sabe quem, deixara o gato escapar.

O interior da casa dos Três Sábios era como as antigas imitações de porcelana chinesa, em que tudo parece muito plano e pintado de azul sobre branco. Trata-se de uma estranha ilusão de óptica. Até mesmo os três velhos eram azuis e brancos. A pele deles era branca como porcelana chinesa, o que não era de surpreender, já que eles também eram chineses. Suas roupas eram brancas e azuis. Se não estivessem se movimentando, o cômodo inteiro pareceria um prato pintado.

– Não o seu gato – o Primeiro Sábio explicou a Pedro. – O nosso gato, que pode ou não ser irmão...

– Ou irmã – atalhou-o o Segundo Sábio.

– Ou irmã – o Primeiro Sábio continuou – do seu gato.

– Embora, naturalmente, nosso gato seja completamente diferente – o Terceiro Sábio disse. – Ele é um gato sábio e não se parece nem remotamente com o seu gato.

– Defina "remotamente" – desafiou-o o Primeiro Sábio. – Os dois têm quatro patas, pelos, orelhas, rabo e dentes.

– Sim, mas o gato do garoto faz miau e o nosso, grrrrr – concluiu o Segundo Sábio.

– Então o seu gato é um cachorro e vocês são todos imbecis – Festa disse.

– Não somos, não senhora – os três responderam em uníssono. – Somos os Três Sábios.

– Bem, então parem com essa confusão e nos ajudem – Festa retrucou e lhes contou que Pedro havia chegado sem o livro.

– Livro? – o Terceiro Sábio perguntou. – Nós temos um livro. Temos centenas de livros. Somos sábios. Os sábios sempre têm toneladas de livros. Quer levar um emprestado?

– Ela está falando DO LIVRO, idiota – o Primeiro Sábio disse. – Mas temos um livro no andar de cima que nos explicará o que fazer. Vou pegá-lo.

– Isso mesmo – o Segundo Sábio gritou para o que partia. – É o trigésimo sétimo, a partir da esquerda, na nona prateleira, contando de baixo para cima, na parede oposta à da janela.

– E se chama *O que fazer quando alguém chega sem o Livro* – completou o Terceiro Sábio.

– Não, acho que se chama *O que fazer quando chegam sem o Livro* – disse o Segundo Sábio.

– Eu sei o título – o Terceiro Sábio respondeu. – Afinal, fui eu que escrevi o livro. Um *best-seller* na época.

– Quando foi isso? – Pedro perguntou.

– No próximo dia quatro de relembro – o Terceiro Sábio respondeu.

– Bem, se foi você que o escreveu, deveria se chamar *O guia do idiota sobre o que fazer quando chegam sem o Livro* – o Segundo Sábio concluiu.

– Se foi o senhor quem o escreveu, por que simplesmente não nos diz o que fazer? – Festa perguntou.

Como Viver para Sempre • 79

– Não é assim tão simples.

– Por que não?

– Porque eu esqueci.

– Quer dizer que esqueceu porque não é assim tão simples ou que esqueceu o que está escrito no livro?

– Provavelmente. Quer um pouco de chá verde? É muito bom para o cérebro.

– Como sabe? – o Terceiro Sábio perguntou. – Você nunca tomou um.

– Escutem aqui, sabem quem pode nos ajudar? – Festa perguntou.

– É claro que sim – respondeu o Segundo Sábio. – Para começar, somos muito, muito sábios. E conhecemos todo mundo. Portanto, com certeza, sabemos quem poderá ajudá-los.

– A menos que eles morem na casa ao lado – atalhou-o o Terceiro Sábio. – Eles acabaram de se mudar, e ainda não os conhecemos.

– Está bem, está bem. Conhecemos todos, exceto os da casa ao lado.

– Tem também o Eremita. Não o conhecemos.

– Sim, sim, mas também não conhecemos o Papai Noel.

– Estou falando de pessoas reais. – o Terceiro Sábio respondeu. – Papai Noel e o Eremita não existem.

– Existem, sim – Festa disse.

– Noturno – disse o Terceiro Sábio. – Não o conhecemos.

– É claro que não – respondeu o Segundo Sábio. – Ninguém o conhece.

– Apenas o próprio Noturno – retrucou o Terceiro Sábio. – Ele conhece Noturno. Você realmente precisa aprender a ser mais preciso.

– Ora, vá comer as calças! – devolveu o Segundo Sábio.

– Viu? É exatamente isso, ou precisamente isso que quero dizer – respondeu o Terceiro Sábio. – Sou chinês. Sou um Sábio Chinês. Uso robes de seda tecida à mão. Não visto calças, como posso comê-las?

– Eu estava sendo muito preciso – o Segundo Sábio respondeu. – Não me refiri às calças de vestir, e sim às calças de chocolate que você guarda em uma caixinha ao lado da cama e que belisca no meio da noite, para não ter de dividi-las conosco.

– Você andou comendo minhas calças? – o Terceiro Sábio perguntou.

– Não, foi ele – o Segundo Sábio disse, apontando para a escada.

Pedro percebeu que conversar com aqueles três era como tentar desembaraçar uma corda gigante. Era o tipo de coisa que podia enlouquecer uma pessoa. Talvez eles tivessem sido sábios em um passado distante, mas agora eram tão malucos quanto os chapeleiros. Ainda assim, se os Três Sábios realmente possuíssem um livro que pudesse lhes explicar o que fazer, valia a pena esperar.

O Terceiro Sábio pegou uma chaleira de ferro no parapeito da janela e serviu as crianças. O chá estava frio, mas, como o velho os encarava insistentemente, Pedro e Festa tiveram de bebê-lo.

– Sente seu cérebro melhorar? – ele perguntou.

O Segundo Sábio sentou-se à mesa e tentou construir uma pirâmide de cartas de baralho. O Terceiro Sábio chegou bem perto da parede e se pôs a falar sozinho.

Meia hora depois, Festa disse:

– Se vocês sabem exatamente onde o livro fica, por que ele está demorando tanto?

– Ele não sabe ler – o Segundo Sábio explicou.

Normalmente, Pedro não questionava nada que um adulto lhe dissesse, mesmo que a informação lhe parecesse ridícula ou totalmente mentirosa, porém, dessa vez, não conseguiu ficar quieto.

– Bem, que tal se ele contasse... – Pedro começou, mas logo percebeu que o Primeiro Sábio provavelmente também não sabia contar. – Não tem problema. Eu mesmo vou pegar o livro – e correu para cima.

– Por que disse que Papai Noel não existe? – Festa perguntou assim que Pedro saiu. – Eu sei que ele não existe, mas Pedro ainda poderia acreditar nele.

– Bem, eu também acredito – o Terceiro Sábio respondeu. – Apenas fingi que não acreditava.

Pedro desceu a escada, carregando um livro grande.

– Vocês dois estavam errados – ele disse aos velhos. – O livro se chama *Aposto que você queria saber o que fazer quando chegam sem o Livro*. E ele não serve para nada.

– Tem certeza de que não se chama *O guia do idiota para aposto que você queria saber o que fazer quando chegam sem o Livro*? – o Segundo Sábio perguntou.

– O que ele diz? – Festa perguntou. – E o que o velho estava fazendo lá em cima? – ela sussurrou para Pedro.

– Estava sentado no chão, chupando o dedo – ele respondeu. – O livro é inútil porque não há nada escrito nele. Veja.

O livro estava totalmente em branco, exceto pela página do título.

– Trata-se de um trabalho em andamento – o Terceiro Sábio explicou. – Ainda estou pesquisando.

Como Viver para Sempre • 83

– Elas tinham razão – Pedro disse. – Vocês são idiotas. Por que diabos são chamados de sábios?

– Temos um bom empresário – o Terceiro Sábio respondeu.

As duas crianças se viraram e partiram, e Arquimedes seguiu-os com o rabo empinado.

– Se descobrirem o que fazer, vocês vão nos contar? – o Segundo Sábio gritou.

– Posso acrescentar à segunda edição do livro – o Terceiro Sábio completou.

– Quem é Eremita? – Pedro perguntou quando eles saíram do Sextante Chinês.

– Ele é um sábio *de verdade* – Festa respondeu. – Meu pai calcula que ele é a pessoa mais velha do mundo. Se existe alguém que sabe o que fazer, esse alguém é ele.

– Mas o velho disse que ele não existe.

– Oh, ele disse isso provavelmente porque tem ciúme do Eremita, que é sábio mesmo – Festa respondeu.

– E onde ele mora? – Pedro perguntou.

– Esse é o problema – ela disse, apontando para o telhado. – Ele mora na décima terceira galeria. É claro que eu sabia que deveríamos ter ido lá de cara, mas era muito mais fácil vir até aqui. Por isso, decidi procurar os Três Sábios primeiro, para o caso de Eremita ter lhes contado o que fazer quando alguém chega sem o livro.

Pedro fez uma expressão de quem não acreditava naquela hipótese.

– Bem, ele poderia ter contado – Festa disse, enquanto se encaminhavam à escada que ligava as galerias.

– O que estamos esperando? Vamos lá! – Pedro disse.

– Não podemos subir além do nono andar. E ele mora no décimo terceiro.

– Por que não?

– Porque é perigoso – Festa respondeu. – O lugar é habitado por pessoas más e por monstros.

– Você já viu algum?

– É claro que não, mas sei que estão lá. Meu pai me contou tudo sobre eles. Além disso, à noite, nós ouvimos barulhos assustadores. De vez em quando, coisas despencam das galerias.

– Que tipo de coisa?

– Cadáveres – Festa respondeu. – Minha amiga me contou que um dia ela viu um braço. Ela disse que o braço caiu na escada de entrada da casa dela. Lá em cima também há criaturas estranhas.

– Criaturas? Que espécie de criaturas? – Pedro perguntou.

– Eu não sei. Nunca vi nenhuma – Festa respondeu. –

Mas meu pai diz que ele já viu. E que elas estavam estropiadas demais para serem identificadas.

— Parece o tipo de coisa que os adultos dizem quando querem conseguir alguma coisa das crianças — Pedro disse.

Festa concordou, mas ainda parecia assustada.

— Não temos escolha, não é?

— Acho que não — ela respondeu.

— Vai dar tudo certo — ele disse. — Somos dois, ficaremos bem.

Na nona galeria, as crianças olharam para cima e verificaram que os livros pareciam velhos e malcuidados. As janelas estavam sujas; algumas, quebradas e lacradas com tábuas. Os livros abandonados estavam com as portas arrombadas, e os que pareciam ocupados tinham uma aparência aterrorizante. Pedro já tinha visto, na cidade, ruas nesse estado, ruas onde gatos, cães e até mesmo pessoas reviravam o lixo em busca de comida. Porém, lá fora, ele passava seguro dentro de um carro. Enquanto subiam as escadas, Festa foi ficando verdadeiramente apavorada. Ele tentou acalmá-la, mas nada parecia animar a menina.

Chegaram à escada que conduzia ao décimo andar. Havia ali um portão de ferro com um aviso que dizia: "Não entre". A corrente e o cadeado que mantinham o portão fechado tinham sido arrebentados por uma força descomunal. Os elos de aço, mais grossos que um dedo, tinham sido esticados como se fossem feitos de massa de modelar. Pedro empurrou o portão e começou a subir pelo lixo.

– Venha – ele disse, tentando parecer corajoso. – Está tudo bem.

– Eu sei – Festa respondeu com voz trêmula.

À medida que andavam sobre o lixo acumulado nos degraus, as crianças sentiam o pânico aumentar, mas não havia volta.

O décimo andar parecia quase deserto. Alguma coisa correu pelo entulho encostado ao pé dos livros. Ao longe, um grupo de figuras estranhas circundava uma fogueira. Pedro e Festa tentaram se manter nas sombras para não serem vistos, mas um cachorro que estava ao lado do fogo os farejou e saiu latindo em sua direção.

– Quem está aí? – uma das figuras gritou quando Pedro e Festa alcançaram a escada para o décimo primeiro andar.

Ninguém os seguiu. Olhando para baixo, Pedro os viu reunidos no pé da escada, mas ninguém, nem mesmo o cachorro, pôs um dedo sequer no primeiro degrau.

– Quem eram eles? – Pedro perguntou.

– Eu não sei – Festa respondeu. – Meu pai me disse que o lugar é habitado por criminosos e loucos, porque ninguém irá incomodá-los ali.

A grama macia havia sido substituída por ervas silvestres e sarças que arranhavam as pernas das crianças. Não havia sinal de vida, embora o emaranhado de plantas escondesse pedaços de máquinas enferrujadas e ossos brilhantes. Os ossos estavam tão escondidos que não dava para saber se eram ou não humanos, mas alguma coisa os tinha limpado. Nem Pedro nem Festa queriam parar para descobrir.

– Parece não haver ninguém vivo por aqui – Pedro disse enquanto eles se encaminhavam para a escada seguinte.

Ele falou cedo demais.

– O jantar – disse uma voz. – Mais uma presa fácil.

Uma porta se abriu subitamente diante dos dois, batendo na balaustrada e bloqueando a passagem. Outra porta se abriu atrás deles. Pedro e Festa se viram presos entre dois livros cujas portas abertas revelavam apenas escuridão.

– Uma raridade – outra voz comentou. – Crianças. Dão uma refeição excelente.

– Sim, sim, vamos comê-las vivas – respondeu a primeira voz.

– É, vamos deixá-las vivas e cortar o que precisamos todos os dias – completou a segunda voz.

– Se tomarmos cuidado, elas poderão durar uma semana, antes de sucumbir à dor.

– Primeiro tiramos a língua, assim elas param de gritar.

– Faz um tempão que não como uma língua – a primeira voz disse. – É o melhor pedaço.

– As mãos também são boas – respondeu a segunda.

– Basta colocar alcatrão fervente nos tocos para evitar o sangramento.

Pedro e Festa se abraçaram com força. As vozes vinham do interior de um dos livros abertos, mas lá dentro estava tão escuro que eles não enxergavam nada.

– Não conseguem nos ver, não é? – a primeira voz perguntou.

– Não – a segunda respondeu. – Verão ainda menos quando comermos seus olhos.

– Os olhos também são gostosos. Não tão bons quanto a língua, porém melhores que as mãos.

– Mas não são mais gostosos que os miolos, especialmente se forem sugados pela orelha.

– Ai, eu adoro miolos!

– Você acha que ficamos mais inteligentes quando comemos miolos?

– Suponho que isso dependa da inteligência do dono dos miolos.

– Nunca pensei nisso.

– Talvez a gente fique menos inteligente se o dono for muito burro.

– Nunca pensei nisso também. Você é um menino esperto – a primeira voz disse. – Mamãe está orgulhosa de você. Talvez fosse melhor examiná-los antes de comer seus miolos, para ver se são inteligentes ou burros.

— Boa ideia – a segunda voz respondeu. – Ei, crianças, o menino primeiro. Quanto é dois vezes a raiz quadrada de quatro?

— Oitenta e três – Pedro respondeu, imaginando que seria poupado se desse a resposta errada.

— Correto – a segunda voz disse.

— Não, senhor, está errado – Festa disse, olhando de porta em porta.

— Eles não conseguem ver onde estamos, conseguem? – a primeira voz perguntou.

— Não.

— Vamos dar uma pista?

— Não.

— Quem vamos comer primeiro, o menino ou a menina?

— Um pedaço de cada. Um no almoço, outro no jantar.

— Nós... nós temos de ver E-E-E-Eremita – Festa gaguejou.

— Isso mesmo – Pedro continuou. – Se não chegarmos até ele, vocês terão p-p-p-problemas.

— Você disse p-p-p-problemas? – a primeira voz perguntou. – Então, alguém sabe que vocês estão aqui.

— É claro que sim – Festa respondeu. – Minha m-m-m-mãe e meu p-p-p-pai.

— Sua m-m-m-mãe, é?

— Sim, e se não voltarmos até a hora do chá, eles virão atrás de nós.

— Ora, ora. Deixaram que viessem até aqui sozinhos? — a segunda voz disse. — Que descuidados! Tenho três respostas para vocês.

— Pelo menos — a primeira voz completou.

— Primeira: estão mentindo. Segunda: se não estão mentindo, como seus pais irão encontrar vocês? Terceira: se eles encontrarem, teremos ainda mais comida.

— E quarta: vocês estão mentindo — disse a primeira voz.

— Eu já disse isso.

— Não disse.

— Por acaso está me chamando de mentiroso?

— Eu, hã...

— Mais comida — a segunda voz disse.

Houve uma pausa, e a seguir um grito de gelar o sangue.

— Vejam o que me obrigaram a fazer — a segunda voz disse. — Crianças desprezíveis, obrigaram-me a matar a minha mãe. Estou muito irritado agora. Era a única mãe que eu tinha. Gargalho ficou sozinho.

Um filete de sangue começou a escorrer pela primeira porta. Logo atrás, surgiu uma figura cor-de-rosa, gorda e nua. Arrastando-se de quatro, ela amaldiçoava, recolhia o sangue com a mão em concha e o bebia.

A criatura não era maior do que uma criança de três anos, mas tinha a pele enrugada de um velho. Parecia ter ficado na água tempo demais. Ela lembrava Betina, um ser vivo que devia ter morrido há muito tempo.

O cheiro de sangue atraiu outras criaturas. Ratazanas do tamanho de um cachorro e baratas surgiram de todos os lados.

– Seres desprezíveis – a figura cor-de-rosa gritou. – Este é o sangue da minha mãe.

Ele tentou espantar os bichos, mas eles eram muitos. Havia sangue por toda parte. A figura cor-de-rosa estava tão ensanguentada que as ratazanas se atiraram para cima dela, deflagrando uma luta terrível. Os roedores e as baratas foram arremessados pela balaustrada. Alguns caíram na galeria inferior; outros, lá embaixo, na água. Outros ainda correram para dentro do livro, em busca do cadáver.

Enquanto a luta se desenrolava, Pedro e Festa permaneceram imóveis. Uma ratazana tinha mordido a perna de Gargalho, e o sangue que jorrava dela se misturava ao sangue da mãe. Vendo que Gargalho estava ferido, as outras ratazanas pararam de brigar entre si e se lançaram contra ele.

— Ajudem-me — ele implorou, acenando para as crianças.

Instintivamente, Pedro precipitou-se para a frente. Festa agarrou-o pela camisa, mas era tarde demais. Gargalho livrou-se dos roedores e investiu contra Pedro. Numa fração de segundo, seus dentes brilharam e se enterraram na mão do menino.

A dor foi insuportável, e Pedro sentiu que ia desmaiar. Festa puxou-o para trás, e os dois embarafustaram pela segunda porta. Subiram a escada com dificuldade e se trancaram no quarto. Pedro caiu no chão e Festa bloqueou a porta, colocando uma cadeira sob a maçaneta, mas ninguém os tinha seguido. As ratazanas haviam se reagrupado e agora atacavam Gargalho com energia renovada.

Festa ajoelhou-se diante de Pedro e pegou a mão dele. Ela estava tão empapada de sangue que era difícil avaliar a extensão do ferimento. Ela puxou um lençol mofado da cama e o rasgou em faixas. Limpou a mão dele e tentou abri-la com delicadeza, porém a dor era tão intensa que o menino não conseguiu relaxá-la. O sangue jorrava de forma alarmante. Pedro sentia-se cada vez mais fraco, fraco demais para ter medo. O pânico estava estampado no rosto de Festa.

— Precisamos de ajuda — ela gritou, arrancando mais pedaços do lençol e os enrolando no braço de Pedro, em uma tentativa de estancar o sangue.

– Está tudo bem – Pedro disse, afundando ainda mais no chão. – Acho que vou dormir um pouco.

– Não, não! – Festa gritou. – Fique acordado. Temos de achar ajuda.

– Não, vou dormir um pouco primeiro – Pedro disse, delirando.

E desmaiou.

Festa começou a chorar. Estava apavorada. Quando Pedro relaxou, a menina conseguiu abrir sua mão. Ele perdera o dedo mindinho. Ela enxugou as lágrimas e tentou achar um pedaço de lençol mais limpo. Enrolou-o no ferimento e acrescentou mais uma porção de faixas, até o braço de Pedro ficar parecido com o gato mumificado do museu. Festa arrastou-o e encostou-o, meio sentado, na parede. Fez uma tipoia e a prendeu no pescoço dele, de modo a manter a mão tão erguida quanto fosse possível. Ajoelhada diante do amigo, abraçou-o e voltou a chorar.

– Não morra – sussurrou. – Por favor.

Festa levantou-se e foi até a janela. A luta terminara e não havia sinal de Gargalho nem das ratazanas. Algumas baratas sugavam as últimas gotas de sangue do chão, mas, exceto por sua presença, a galeria estava deserta. As portas dos dois livros que os tinham prendido ainda estavam abertas contra a balaustrada. Como não dava para saber se Gargalho esperava do lado de fora, nos degraus, Festa decidiu destruir a parede e passar para o livro ao lado.

A menina se levantou, quebrou as pernas de uma cadeira pequena e começou a atacar o estuque. Ele se desintegrou com facilidade, revelando a capa de papelão. A capa também se esfacelou rapidamente. A seguir, Festa rasgou o couro da encadernação.

Pedro permanecia inconsciente, mas Festa decidiu que eles deveriam fugir logo. Gargalho tinha sido ferido, e era melhor partir enquanto ele estivesse enfraquecido. Ela pegou as últimas faixas do lençol e pulou para o livro ao lado, desceu a escada e saiu na galeria. Enrolou as faixas na maçaneta da porta que estava bloqueando a passagem e as amarrou à balaustrada. Se alguém tentasse puxar a porta pelo outro lado, ela e Pedro teriam tempo de fugir.

De volta ao andar de cima, Festa ajoelhou-se mais uma vez diante de Pedro e acariciou a sua cabeça.

– Acorde – sussurrou. – Temos de ir embora.

Pedro se mexeu e abriu os olhos. A hemorragia o havia deixado fraco e confuso. Ele fitou Festa como se não a conhecesse, mas a dor na mão trouxe-o rapidamente de volta à realidade.

— Temos de sair daqui – ele disse.

— Eu sei – Festa respondeu. – Levante-se devagar e veja como se sente.

Pedro levou algum tempo para ficar em pé, até sentir que não voltaria a desmaiar. As ataduras começavam a apresentar manchas escuras.

Ele ainda sangrava.

— Aonde estamos indo? – ele perguntou.

— Temos de seguir em frente – Festa respondeu. – Não dá para voltar, é muito arriscado.

Eles caminharam pela galeria até a escada que dava acesso ao décimo segundo andar. No meio do caminho, sentaram-se.

— Estou com frio – Pedro disse, trêmulo.

— É porque você perdeu todo aquele sangue – Festa comentou –, e por causa do choque.

— Preciso dormir.

— Não. Você não deve dormir em hipótese alguma.

Ela parecia tão desesperada que Pedro lutou como pôde para permanecer acordado. Sentiu os olhos se fecharem e a cabeça tombar para a frente, e precisou de todas as forças para continuar desperto.

— Não consigo subir os degraus. Minhas pernas estão bambas – ele disse.

– Fique sentado aí – Festa concordou –, mas prometa que não vai dormir.

A almofada inferior da porta, que Festa tinha prendido à balaustrada, fora arrebentada. Arrastando o corpo dilacerado, Gargalho foi até o pé da escada e os encarou. A menina apertou a perna que arrancara da cadeira e ficou em pé, mas, à semelhança das criaturas do andar abaixo, Gargalho não conseguia subir atrás deles. Ele se esticou até o primeiro degrau, porém, antes que pudesse tocá-lo, caiu sentado para trás.

– Voltem para Gargalho – ele choramingou. – Não vou machucá-los, prometo.

– Você ia nos comer – Festa respondeu. – Você tentou arrancar a mão de Pedro.

– Desculpem, não era essa a minha intenção – Gargalho respondeu. – Foi um ato reflexo.

– E você matou a própria mãe.

– Eu sei, eu sei – a criatura se lamuriou –, mas não gostei. Não farei isso de novo.

– Você bebeu o sangue dela – Festa continuou.

– Eu tinha de fazer isso. É uma tradição da família. Bebi o sangue do meu pai também, quando o matei, mas não gostei de fazer isso.

— Você é nojento — Festa concluiu.

— Sou solitário. Fui o único que restou — Gargalho disse. — Venham aqui, por favor.

— Vamos embora — Pedro disse, colocando-se em pé. — Pelo menos sabemos para que lado ir.

E subiram ao décimo segundo andar.

— Estarei aqui quando vocês voltarem — Gargalho gritou. — Afiarei os dentes e estarei pronto para recebê-los, anjinhos. Potinhos de sangue, colheradas de pele. Dedinho delicioso, macio como vitela.

Quando as duas crianças chegaram ao décimo segundo andar, um alçapão de aço fechou-se sobre a escada, bloqueando o caminho de volta. O andar parecia deserto. Pedro encaminhou-se ao livro mais próximo e se encostou nele.

— Vou esperar aqui — ele disse — enquanto você procura... alguma coisa...

Festa ajoelhou-se ao lado dele, mas logo percebeu que seria uma perda de tempo tentar acordá-lo. Se ela o fizesse, ele logo cairia no sono outra vez. As manchas escuras nas ataduras estavam ficando maiores. Ela o esbofeteou, mas não empregou força suficiente para despertá-lo. Então, sentou-se a seu lado e o abraçou. Não queria abandoná-lo, porém sabia que, se quisesse ajudá-lo, precisaria buscar ajuda.

O andar estava escuro. O sol tinha de se esforçar para penetrar embaixo da décima terceira galeria e iluminar fracamente o local. Todas as coisas tinham perdido a cor. A gravação em ouro tinha quase desaparecido dos livros. As inscrições nas lombadas estavam praticamente apagadas. E a maior parte dos livros era apenas isso: livros, e não casas com portas, janelas e algum sinal de vida. O couro das encadernações estava se soltando, revelando páginas esfareladas e exércitos de insetos a devorar papel e cola. Aqui e ali se achava um livro com cômodos, mas eles estavam vazios e em ruínas.

Festa recolheu alguns pedaços que se soltaram dos livros e os usou para esconder Pedro. Então, percorreu cautelosamente toda a galeria, sem ver ninguém. Todas as escadas para o andar de baixo estavam fechadas da mesma forma, com pesadas portas de aço sem maçaneta. Pelo menos Gargalho não conseguiria persegui-los. Ele não teria como erguer os alçapões. Mas o problema não era a passagem para baixo.

Não havia passagem para cima. Todas as galerias dispunham de ao menos quatro escadas para o andar superior, mas aquela não tinha nenhuma. Nos locais em que elas deveriam estar restavam apenas os buracos.

Festa voltou ao ponto em que deixara Pedro dormindo e se ajoelhou ao lado dele. Sua respiração não era mais do que um murmúrio, e ele continuava tremendo. Festa pegou mais pedaços de livros e os empilhou sobre o companheiro. Ela sabia que aquilo de nada serviria, mas não conseguia pensar em outra coisa.

O sangue atravessara as ataduras e voltara a escorrer pelo braço. Festa recomeçou a chorar; perdera o último resquício de confiança. Parecia muito pequena e só.

– É meu – disse uma voz. – É todo meu.

Dois livros à frente, uma pilha de papel rasgado foi sacudida, e surgiu uma mulher vestida com retalhos de couro. Ela levava na cabeça uma geringonça complicada de metal enferrujado. Do centro da testa, da ponta de um braço articulado, pendia uma imensa lente de aumento que cobria quase todo o seu rosto e a transformava em uma caricatura.

– O que é seu? – Festa perguntou.

– O ouro – a mulher respondeu.

– Ouro?

– Dos livros. É meu, todo meu.

– Ótimo, ótimo – Festa disse. – Pode nos ajudar?

– Você quer ver?

– O quê?

– O ouro – a mulher disse. – Estou garimpando há sessenta e oito anos. Veja.

Ela abriu a caixa de fósforos. Lá dentro, uma fina camada de ouro em pó mal cobria o fundo.

– Você deve achar que eu sou louca – a garimpeira disse –, mas tenho mais duas caixas de fósforo.

– Esplêndido! – Festa exclamou. – Escute, Pedro vai morrer se não receber ajuda. Por favor.

– Só que elas não têm tanto ouro quanto esta.

– Ora, esqueça o ouro – Festa gritou. – Veja o sangue. Ele vai morrer. Precisamos de ajuda. – Logo, ela chorava tanto que não havia mais espaço em sua garganta para as palavras.

– É difícil – a mulher respondeu. – Eu retirei todas as escadas, para que não roubassem meu ouro. Joguei-as lá para baixo, ora se joguei!

Ela caminhou desajeitadamente em meio ao lixo e sentou-se na frente de Pedro.

– Acho que tem razão – ela disse. – Acho que ele vai morrer. Sabe se ele tem algum ouro?

– Não, não tem – foi tudo o que Festa conseguiu dizer.

– É importante? – a mulher perguntou.

– O quê?

– É importante que ele não morra?

– É claro que sim.

– Ele poderia ler o livro – a mulher disse.

— Ele não tem o livro — Festa respondeu.

— Bem, então você está certa. Ele vai morrer. Quer ver mais um pouco do meu ouro? — A mulher abriu a boca e esticou a língua. Ela estava totalmente recoberta de ouro, assim como os dentes e toda a parte de dentro da boca.

— Inteligente, não? — ela disse. — Ninguém pode roubar este aqui.

— Esqueça o... esqueça o... Esqueça o maldito ouro! — Festa rosnou entredentes.

A mulher deu um passo para trás, horrorizada.

— Você... hã... — ela gaguejou, incapaz de formular uma frase.

— A vida é mais importante do que o ouro — Festa disse.

A mulher não disse nada. Com grande dificuldade, ela se ajoelhou ao lado do menino e ergueu a mão dele, cheia de sangue.

— A minha não — ela disse, e, segurando o braço de Pedro, acrescentou: — Você tem a ele e ele tem a você, mas eu só tenho o meu ouro.

— Desculpe — Festa lamentou-se. — Ajude-nos, por favor.

— Está bem, querida — a mulher respondeu. — Verei o que posso fazer.

Ela tirou todas as ataduras ensanguentadas, secou o ferimento e o cobriu com o ouro da caixa de fósforos. Remexeu as roupas, pegou as outras duas caixas e utilizou também o ouro que guardava nelas.

A hemorragia estancou.

– Preciso ficar um pouco sozinha – a mulher disse, fitando, com tristeza, as caixas vazias. – Eu tenho de... quero dizer... todos os planos que eu fiz...

– Por favor – Festa pediu –, antes de ir, explique-me como chegar à décima terceira galeria. Precisamos ver o Eremita.

– Eremita, Eremita. Há dez anos não ouço esse nome – a garimpeira disse. – Portanto, deve fazer dez anos que não ouço nenhuma palavra. Vocês são as primeiras pessoas que vejo em dez anos. São bem baixinhos, não?

– Somos crianças – Festa disse.

– Eu fui criança um dia, acho – a garimpeira disse.

– Pode nos mostrar como chegar lá em cima?

– Sim, se prometerem não contar a ninguém sobre o ouro.

– Nós prometemos – Festa respondeu.

– Jure pela alma da sua mãe.

– Juro.

– Espere um pouco – a garimpeira pediu. – Tirem os sapatos.

Ela examinou a sola de cada sapato com a lente de aumento.

— O que está fazendo? – Festa perguntou.

— O ouro, é claro – a mulher retrucou. – Ele poderia estar grudado aqui. Agora, as meias.

Ela retirou fragmentos minúsculos com uma pinça e os colocou na caixa de fósforos.

— Agora me deixe ver os pés também – ela ordenou. – Você andou descalça por aí.

Quando Pedro e Festa já estavam novamente calçados, a garimpeira quis examiná-los outra vez. Após a terceira verificação, ela se deu por satisfeita.

— Venham – disse. – Sigam-me na ponta dos pés.

Ela deu duas voltas na galeria, parou e exigiu um novo exame dos pés deles.

— Sumiu – ela disse.

— O que sumiu? – Festa perguntou.

— A saída. Vejam – a mulher continuou –, as pessoas roubam coisas. Querem o meu ouro e agora roubaram a saída.

Deram mais uma volta na galeria. Quando chegaram ao ponto de partida, Arquimedes os esperava.

— Saia daqui, gato asqueroso – a mulher disse. – Os gatos são loucos por ouro, vocês sabem.

Arquimedes ignorou-a e se espremeu pela porta quebrada de um dos livros.

Como Viver para Sempre • 105

– Aí está – a mulher disse. – Vejam, eu disse que alguém a tinha roubado. Foi esse gato detestável.

As crianças tiraram a porta quebrada do caminho e seguiram Arquimedes escada acima.

– Quando puderem – a garimpeira gritou –, vão trazer meu ouro de volta?

No sótão do livro, uma porta na parede dos fundos se abriu e revelou uma escadinha de madeira. Arquimedes e as crianças subiram os degraus estreitos para a galeria de cima, que se projetava da parede logo abaixo da saliência sobre a qual se apoiava o grande anel de janelas. Embora elas não estivessem mais de quinze metros acima deles, a galeria ficava tão escondida sob o telhado que a luz mal a alcançava. Era ainda mais escura que o andar de baixo. Os livros eram também mais antigos. As capas de couro estavam cobertas com uma camada espessa de pó e teias de aranha, e as poucas portas estavam bloqueadas com tábuas. Como o andar não recebia iluminação adequada, a grama dera lugar à terra e ao estuque que caíra do teto. Aqui e ali, as lombadas caídas deixavam entrever cômodos abandonados, repletos de móveis quebrados e palha. Pedro viu sombras fugirem rapidamente à medida que eles se aproximavam. Aquele lugar não tinha a magia dos primeiros andares. Úmido e escuro, parecia um pesadelo.

Ao contrário das demais, a décima terceira galeria era dividida em segmentos por oito vigas maciças que compunham o esqueleto do edifício inteiro. Perto de uma das vigas havia um vão. Um dos livros tinha sido removido. Era o único lugar assim em toda a biblioteca. À direita, encontrava-se o livro *Como Voar para Sempre.* À esquerda, inclinado sobre o espaço vazio, *Como Ver para Sempre.*

Era ali que o livro ficava, um canto escuro que supostamente ninguém visitava.

No fundo do espaço que o livro ocupara, havia uma porta tão escondida pelo pó e pelas teias de aranha que era difícil vê-la. Festa martelou a porta, deslocando a poeira e as teias. Uma fresta se abriu.

— Quem chama o Eremita? — perguntou uma voz vinda de dentro.

— Meu nome é Festa, sou a Zeladora do recém-chegado.

— O menino?

— Sim.

— Está sozinha com ele? — a voz perguntou.

— Sim — Festa respondeu.

— Meu gato veio também — Pedro disse.

— Arquimedes?

— Sim.

— Um momento.

Ouviu-se o som de móveis sendo arrastados e uma voz falando sozinha. Os ferrolhos foram retirados, as chaves foram giradas e a porta se abriu. Um homem moreno e magro, de cabelo desgrenhado, acenou para que entrassem. A sala estava forrada de estantes abarrotadas com mil e uma preciosidades. Pilhas de livros se espalhavam por todo o chão, deixando apenas uma trilha para cada cadeira e para uma porta ao longe.

Ao examinar os objetos, Pedro percebeu que conhecia cada um deles. Nos passeios exploratórios aos depósitos que realizara no mundo em que vivia, anotava no diário tudo de que realmente gostava. Ele desenhava um mapa com a localização do objeto e anotava uma breve descrição dele. Às vezes, tentava desenhá-lo. Fazia isso pensando que um dia talvez viesse a gerenciar o museu, e, se isso acontecesse, aquelas seriam as peças que colocaria em exposição. Ali estava o fóssil do tatu voador. A ampulheta que, em vez de duas câmaras, dispunha de sete, pelas quais a areia corria num fluxo ininterrupto e hipnótico. Ali estava o pombo de seis patas, mergulhado em formaldeído, e o antigo disco voador entalhado dos astecas, entre dois capacetes de ferro que não poderiam ter sido usados em uma cabeça humana.

No meio da sala, havia três poltronas puídas. Eremita sentou-se em uma e convidou Pedro e Festa a ocuparem as outras. O garoto sentou-se e sentiu o sono se acercar.

— É este o menino? — Eremita perguntou.

— Sim, é Pedro — Festa respondeu.

— Mas ele deveria chegar na próxima semana — Eremita disse. — Ele trouxe o livro?

— Não — Festa respondeu. — Ele chegou cedo demais. Eu acho que foi um acidente.

— Isso é terrível, realmente terrível — o homem disse, virando-se para Pedro. — Como chegou aqui?

Pedro, porém, dormia profundamente. O único ruído era o tique-taque de um grande relógio, um relógio com sete ponteiros e quinze números que também fazia parte dos tesouros anotados por Pedro no diário. Enquanto o homem enfaixava a mão dourada do menino com ataduras limpas, Festa contou-lhe como ele tinha chegado àquele mundo.

— Ele disse que caiu de costas e atravessou uma parede sólida.

— Na sala do gato mumificado?

— Como sabe? — Festa perguntou.

— Isso já aconteceu antes — Eremita respondeu, porém não explicou quando.

— Como vamos fazer para pegar o livro? — a menina perguntou.

– Temos um problema – o homem disse. – O livro deveria estar aqui. É inútil a vinda do menino sem o livro.

– Não dá para ele voltar e pegá-lo?

– A porta funciona apenas uma vez para cada visitante. Você sabe disso. Só é possível vir ou ir, não as duas coisas.

– Está dizendo que eu não poderei voltar? – Pedro perguntou, subitamente desperto. – Mas e a minha mãe e o meu avô?

– Deveria ter pensado nisso antes de vir – Eremita replicou.

– Eu não sabia – Pedro disse. Lágrimas inundaram-lhe os olhos. – Ninguém me disse nada. Eu não queria vir.

– Mas você pegou o livro com Betina – Eremita interveio.

– Ela não me disse nada sobre vir até aqui – Pedro retrucou.

– Ela não lhe disse para levar o livro e entregá-lo ao Menino Velho?

– Sim, mas...

– Mas? Mas nada. Ela lhe deu o livro e você deveria tê-lo trazido para cá – Eremita censurou-o.

A dor na mão ia fazer Pedro desmaiar outra vez. Tudo, inclusive os pensamentos desordenados, estava rodando. Sentiu o sono invadi-lo e tentou combatê-lo.

– Ela não me disse para vir até aqui. Ninguém me contou nada sobre este lugar – ele respondeu. – Eu nem sei onde estou...

Pedro começou a perder os sentidos novamente. Estava com frio, apesar da lenha que queimava na lareira, e seus olhos foram se fechando, pesados. O sono deixaria tudo melhor. Era isso que o sono fazia.

– Meu pai...

– Seu pai está em nosso mundo – o homem disse, sem saber que o menino não podia mais ouvi-lo. – Mas eu não sei exatamente onde.

Pedro dormia, mas seus pensamentos não descansavam. Sempre pensava nas pessoas que viviam fora do museu como forasteiros. Ele, a mãe e o avô eram residentes. Entretanto, agora, pelo visto, o mundo que achava tão único continha um outro mundo. Quem sabe haveria outros mundos dentro daquele também, mundos dentro de mundos dentro de mundos.

– Não podemos entrar em contato com alguém de fora e pedir que traga o livro? – a menina sugeriu.

– Você sabe que isso não é possível, Festa – Eremita respondeu. – Sabe que destruiria o equilíbrio.

– Não existe alguém que possa passar de um lado para outro?

Eremita permaneceu em silêncio por um momento e fitou o fogo. Após alguns minutos, disse:

— Certa pessoa alega ter esse poder, embora eu não acredite nela. Trata-se de alguém que gostaríamos de esquecer.

— Quem é? Ele pegaria o livro. Onde podemos encontrá-lo? — Festa perguntou.

— É Noturno — Eremita respondeu —, e ninguém o encontra. Ele é que acha as pessoas. E aqueles a quem ele achou prefeririam que não o tivesse feito.

— O senhor o conhece?

— Não, nem quero conhecer — o homem respondeu. — Para ser franco, nem sabemos se ele existe de fato e se pertence a este mundo, ao seu mundo ou a outro mundo.

Eremita se virou e se ocupou fazendo um chá. Quando Festa tentou saber mais sobre Noturno, ele a ignorou. Preparava o chá numa chaleira estranha, sem bico. Mexeu na lareira e mandou a menina pegar mais lenha na outra sala.

Pedro acordou e, por um momento, pensou que tinha voltado ao próprio quarto. O relógio com sete ponteiros, o filhote de dodô conservado em seu jarro de cristal, a rocha entalhada com uma escrita desconhecida. Estavam todos ali, mas logo Pedro ficou mais desperto e se lembrou de onde estava.

— Essas coisas aqui, de onde vieram? — perguntou, cauteloso.

— Ah, de vários lugares — Eremita respondeu. — Peguei aqui e ali, colecionei, achei, troquei, ganhei de amigos. Sabe como é, coisas que juntamos ao longo da vida, recordações, preciosidades, objetos dos quais cuidamos para os amigos, coisas que herdamos de uma tia solteirona.

– Mas tudo que está aqui eu anotei no meu diário – Pedro disse. – Até mesmo o atiçador de brasas com o olho de gato e a chaleira esquisita.

– Verdade? – Eremita respondeu. Ele puxou Pedro para perto e sussurrou ao seu ouvido: – No momento, só posso dizer que as coisas que vemos são reflexos de outras. Você sabe. Toda imagem tem um reflexo. E, não importa quanto já tenhamos examinado um objeto ou uma situação, sempre haverá algo desconhecido neles.

Era óbvio que Eremita escondia alguma coisa. Ele parecia hospitaleiro e amigável, quase inofensivo, mas Pedro sabia que estava ocultando informações. Não parecera nem um pouco surpreso quando Pedro lhe contara sobre as anotações no diário, e, se ninguém podia viajar entre os dois mundos, como é que o Eremita possuía todas as peças que Pedro achara nos depósitos escondidos? Era improvável que houvesse dois exemplares de cada, um neste mundo e outro no mundo de Pedro; porém, mesmo que houvesse, isso não explicava por que estavam ali. Apenas alguém que tivesse lido o seu diário saberia da existência delas.

Festa voltou com uma cesta de lenha, que Eremita jogou no fogo. Vendo que Pedro estava acordado, ela se aproximou, sentou-se no braço da poltrona e afagou o seu cabelo.

– Está se sentindo melhor? – perguntou.

– Acho que sim – Pedro disse, corando. Nunca antes uma garota acariciara seu cabelo, a não ser a mãe, o que era diferente. – Parece que a dor diminuiu um pouco.

– Bem, o que vamos fazer? – Festa perguntou a Eremita.

O homem fitou o fogo e bebeu o chá, que ficara espesso com os pedaços de biscoito que haviam caído na caneca.

– Existe uma chance de resolvermos a questão – ele disse, afinal. – Embora "chance" seja uma palavra otimista demais, já que não temos qualquer prova concreta de que a pessoa capaz de resolver o assunto realmente exista. Vivi mais do que a maioria, exceto por aqueles que leram o livro, e em toda a minha longa existência não conheci ninguém que tivesse visto aquele de quem falo.

– Quem? – Pedro e Festa perguntaram ao mesmo tempo.

– O Menino Velho, é claro – Eremita respondeu. – Betina lhe disse para achá-lo, e é isso que você deve fazer, mesmo sem o livro.

– O Menino Velho não é um conto de fadas? – Festa perguntou. – Meus pais me contavam histórias dele

Como Viver para Sempre • 115

quando eu ficava de cama.

— O problema dos mitos e dos contos de fadas — Eremita disse — é que é quase impossível discernir o que é verdade do que é invenção. Imagino que seja uma questão de fé. Se acreditarmos profundamente em uma coisa, talvez a fé seja suficiente para transformá-la em realidade. Eu mesmo não acredito, pois preciso de provas, mas muita gente acredita. A verdade de um é o conto de fadas de outro.

— Mas se ninguém sabe se o Menino Velho existe ou como encontrá-lo, como é que ele pode ser nossa única chance? — Festa perguntou.

— Se ele existe, mora na ilha — Eremita respondeu. — Se morasse em outro lugar, eu saberia.

— Na ilha? — Festa disse, assustada.

— Vão até os abrigos dos barcos — Eremita sugeriu. — Lá existe alguém que poderá ajudá-los.

— Quem? — Pedro perguntou.

— Ele se chama Nebulus — Eremita respondeu. — Basta perguntar pelo cego.

— Cego? — Festa espantou-se. — Se ele é cego, não deve ter visto o Menino Velho, não é?

— Quem sabe? — Eremita respondeu. — E se ele ficou cego ao vê-lo? Talvez seja preciso ser cego para vê-lo.

– Oh!

– Ele também é surdo e mudo.

– E ele é a nossa melhor chance de achar o Menino Velho, que pode nem existir? – Pedro duvidou. – Não acha que seria mais fácil simplesmente não ir atrás dele?

– É claro que seria – Eremita respondeu. – Mas o mais fácil não irá levá-los a lugar algum, como você bem sabe.

– Isso mesmo – Festa disse. – Eu sei.

– Além disso – Eremita acrescentou –, ele é a única chance. Portanto, é a melhor.

– Exatamente – Festa concordou. – Agora me ajude a lembrar uma coisa. Como é mesmo que saímos daqui?

– Nos baldes – Eremita respondeu. – Venham comigo.

– É claro, é claro, nos baldes – Festa repetiu com um movimento da cabeça.

Mesmo em seu estado semidelirante, Pedro percebeu que a menina não fazia a menor ideia de como sair dali nem do que eram os baldes.

Eles voltaram para a galeria, e Eremita deu a cada criança um rolo de corda com um balde na ponta.

– Imagino que, se você levar o gato, pesará tanto quanto Pedro – ele disse a Festa.

Ele jogou um balde sobre a balaustrada e continuou:

— A Zeladora entra no balde e eu a faço descer até o chão. Quando você chegar lá, encha o balde com o seu peso exato em peixes. O visitante entra no segundo balde. A Zeladora retira um peixe... prefiro cavalinha... e o visitante desce. Os peixes sobem.

— É seguro? — Pedro perguntou. Ele estava farto de problemas.

— Veja bem — Eremita disse —, segurança é um conceito relativo. — Prefere voltar pelas galerias, onde Gargalho os espera?

— É claro que não — Pedro respondeu.

— Então, é seguro — Eremita concluiu. — Ah, Festa, é bom tirar dois peixes, para compensar o dedinho arrancado.

— Lá vai o jantar no balde — Gargalho disse quando Festa passou pelo décimo primeiro andar. — Logo virão os peixes e o menino. Os dias felizes estão de volta, embora, com a ausência de mamãe, a vida tenha perdido um pouco da doçura. Nada que um pouco de calda de chocolate não resolva.

Ele tentou alcançar a corda, mas estava fraco demais para a tarefa.

— Não, não, nada de calda de chocolate. O menininho vai ficar mais gostoso com cobertura de caramelo.

Quando Festa chegou ao chão, correu para a água e

comprou o seu peso em cavalinhas. Ela e o pescador encheram o balde. Festa retirou um peixe grande e um pequeno, deu-os a Arquimedes, e Pedro começou a descer devagar.

Dessa vez, Gargalho estava esperando.

O vilão se empoleirara na balaustrada e se esticou para pegar a corda assim que Pedro se aproximou. Porém, seus olhos vertiam sangue, e a corda passou alguns milímetros além de seu alcance. Ele agitou as mãos no ar, fez uma última investida e perdeu o equilíbrio.

Enquanto despencava, Gargalho gritava palavrões. Na galeria térrea, em meio aos abrigos dos barcos, havia uma capela pequena com um torreão pontiagudo que furou a criatura bem no coração. Gargalho proferiu uma última blasfêmia e morreu. Seu sangue escorreu pelo telhado da capela e por uma gárgula risonha, antes de cair no mar.

Quando Pedro e o seu balde chegaram à galeria térrea, um bando de urubus magricelas já tinha começado a estripar Gargalho.

— Vamos para minha casa — Festa disse, ajudando Pedro a sair do balde e tentando não olhar para os urubus.

— E quanto a Nebulus? — Pedro perguntou.

— Vamos procurá-lo amanhã — Festa respondeu. — Acho que você deveria dormir um pouco.

– Imagino que sim – ele concordou. – Não confio no Eremita – acrescentou, e os dois voltaram à quinta galeria, onde Festa morava. – Aposto que sabe muito mais do que nos contou.

– Ele é considerado a pessoa mais sábia de todos os tempos, mas eu o acho assustador – Festa disse.

– Quem é Noturno? – Pedro perguntou. – Os Três Sábios e Eremita falaram dele. Quem é?

– Eu pensava que ele não existisse – Festa respondeu. – Imaginava que fosse como o Menino Velho, um desses seres que os adultos inventam para conseguir que os filhos lhes obedeçam, mas parece que ele existe mesmo.

– Não gosto nem de ouvir falar dele – Pedro disse. – Até o nome é meio sinistro.

– Pois é – Festa respondeu. – Mas acho que amanhã vamos ter de procurar Nebulus e ver se ele pode nos ajudar. Pelo visto, não temos muita escolha.

– Não mesmo. Quero perguntar uma coisa – Pedro disse.

– O que é? Está se sentindo bem?

– A mão ainda dói – Pedro respondeu. – Você sabe onde está meu pai?

Assim que formulou a pergunta, seu coração disparou outra vez. Estava muito confuso. Queria encontrar o pai, porém tinha medo. Jamais o vira. Ele tinha desaparecido antes do seu nascimento, e a ideia de encontrá-lo era assustadora, embora quase irresistível.

– Eu sei onde ele morava – Festa respondeu. – Quer ir até lá?

– Ele se mudou?

Festa ficou constrangida e desviou os olhos. Alguma coisa estava errada, e Pedro sentiu medo. Eremita dissera que seu pai estava ali, mas agora parecia que talvez não estivesse. Um pensamento terrível lhe passou pela cabeça: o pai descobrira que estava a caminho e fugira. Ou seja, ele fora embora de casa por causa de Pedro.

Pedro sentou-se, desolado, em um banco na frente de um dos livros. Tirou do bolso o relógio quebrado do pai. A caixa continuava amassada; a pulseira, rachada. Mas agora ele funcionava. O ponteiro dos segundos movia-se regularmente. Pedro levou-o ao ouvido e escutou o tique-taque, como o de um coração minúsculo.

O ruído o fez sentir-se um pouco melhor. Ele começou a chorar em silêncio, de modo que, a princípio, Festa nem percebeu.

– Ele começou a funcionar – Pedro disse.

Festa abraçou-o novamente, mas não disse nada.

– Eu quero ver a casa do meu pai – ele pediu, levantando-se. – Vamos lá.

– Está bem – Festa respondeu.

Caminharam pela galeria até quase o lado oposto à casa de Festa.

– É aqui – ela disse, em frente a um livro com sobrecapa.

– Acha que ele sabe que estou aqui?

– Eu não sei – Festa respondeu, virando-se para o lado. Não queria encontrar os olhos do menino.

– Sabe para onde ele foi?

– Não. Eu sinto muito. Mas era aqui que ele morava.

Embora a casa parecesse abandonada, havia uma luz acesa. Agora que estava ali, na frente da casa que fora do pai, Pedro sentia vontade de fugir.

Festa virou-se e partiu.

– Venho buscar você daqui a uma hora.

Pedro ficou olhando para a porta. Festa dissera que aquela era a casa onde seu pai morava antes, não a casa onde ele morava agora. Ainda assim, estava nervoso.

"Não seja covarde", disse para si mesmo, e bateu à porta.

Pedro ouviu o som de passos, a maçaneta girou e a porta se abriu. Uma menina de cerca de cinco anos saudou-o.

– Oi – ela disse. – Quem é você?

– Pedro.

– Meu nome é Vitória. Tenho cinco anos – a menina disse. – Quantos anos você tem?

– Dez.

Uma mulher surgiu atrás de Vitória. Ela tinha mais ou menos a mesma idade da mãe dele e não lhe era totalmente estranha, embora não soubesse dizer onde a tinha visto antes.

– Quem é ele?

— Pedro — Vitória respondeu. — Ele tem dez anos e está com a mão machucada.

— Desculpe — Pedro disse. — Acho que bati na porta errada.

— Não, não bateu — a mulher respondeu. — Mas eu só esperava você aqui na semana que vem. Entre.

— Mas...

— Está tudo bem. Entre.

Ela conduziu Pedro pelo corredor até uma sala atulhada de móveis. Ele queria sair correndo. Estava com medo, embora não soubesse por quê. A mulher se virou, pegou-o pela mão e o fez entrar na sala.

— Seu pai não está — ela disse. — Suponho que já saiba disso.

— Sim — o menino respondeu, tranquilo.

Vitória segurou a outra mão de Pedro e o puxou para o sofá.

— Sente-se aqui — ela disse.

— Como está Len...? — a mulher começou, e logo se corrigiu: — Como está seu avô?

— Como? — Pedro retrucou.

Não conseguia parar de olhar para Vitória. Pedro tinha certeza de que também já a tinha visto antes, só que, nesse caso, sabia onde. Ela era ele. Pedro via o rosto dela sempre que se olhava no espelho. A cor dos olhos era a mesma. A cor do cabelo era a mesma. E também a maneira como ele caía sobre a testa. Pedro era menino e Vitória era menina, mas ela era ele cinco anos antes.

A descoberta súbita foi terrível. Vitória devia ser sua irmã. Mas o pai havia desaparecido anos atrás!

Não.

A mulher era mãe de Vitória.

Não, não, isso não era possível, mas lá estava ela. Pedro não conseguia enxergar nenhuma das duas direito, porque tinha os olhos cheios de lágrimas.

Ele puxou a mão que a menina segurava e saiu da sala. Com a visão turva, derrubou uma mesa e quebrou um copo. Mãe e filha correram atrás dele pelo corredor, chamando-o. Ele deu a volta na galeria sem enxergar nada. As pessoas abriam caminho para ele passar. Algumas sorriam e tentavam falar com ele, porém Pedro chorava tanto que não conseguia vê-las. Subiu uma escada atrás da outra até chegar ao nono andar. Era um lugar sombrio, perfeito para curtir a tristeza. Pedro estava sem fôlego e com o coração aos pulos. Não podia mais correr. Sentou-se em uma escada, diante de uma porta bloqueada com tábuas, e chorou.

Sentia que o pai tinha desaparecido de novo. Quem sabe, então, ele fugisse de crianças. Primeiro, Pedro; agora, Vitória.

Nem nos piores pesadelos Pedro imaginara essa situação. O livro, o Menino Velho, o pai, a doença do avô eram demais para ele. Queria voltar para casa e se enfiar na cama com Arquimedes. Queria dormir. Talvez tudo voltasse ao que era antes quando ele acordasse.

Tinha de haver um jeito de voltar. Tinha de haver. Se ao menos tivesse prestado mais atenção à porta por onde passara!

Fora nesse andar que ele saíra. Ao menos conseguia se lembrar disso. Levantou-se e começou a andar pela galeria, procurando, nos livros, alguma coisa que o fizesse reconhecer o local por onde entrara.

— Aí está você — Festa disse. — Estou procurando você há um tempão.

Pedro fitou-a e sentiu-se afogar em uma onda incontrolável de tristeza.

— Fui até a casa do seu pai, mas não havia ninguém lá — ela disse. Ao perceber que Pedro estava quase chorando, acrescentou: — O que aconteceu?

Pedro contou-lhe.

— Não é bom viver sonhando — Festa concluiu. — Sei que todo mundo faz isso, mas, na maioria das vezes, tudo que conseguimos é ser infelizes.

– Mas ele tem outra mulher! – Pedro gritou.

– Eu não sabia – Festa respondeu. – Mas... ei!... isso significa que você tem uma irmã.

– Mas...

– Isso é bom, não é? – ela perguntou. – Escute, fique quieto, não consigo me concentrar.

– Estou tentando achar a porta – Pedro explicou. – Quero ir para casa.

– Não existe porta alguma – Festa disse.

– Tem de existir. Eu cheguei aqui por uma porta.

– Bem, não por uma porta com dobradiça e maçaneta, uma porta que abre e fecha.

Pedro parou de andar. Sentiu as lágrimas voltarem. Não queria que uma menina o visse chorando de novo.

– Você não pode voltar. Sabe disso – Festa disse, colocando a mão em seu braço. – Pelo menos, não do jeito que veio.

– E as portas? Quero dizer, cada galeria da sala de leitura da biblioteca tem uma porta que leva a um depósito, e grandes portas no térreo que conduzem ao restante do museu. Cadê as portas?

– Depósito? Que depósito?

– O lugar onde guardam todos os outros livros – Pedro

explicou. – Milhões de livros, mil vezes mais livros.

– Está dizendo que existem milhões de pessoas nesse lugar vivendo como nós?

– Não, lá é diferente. Os livros são apenas livros. Ninguém mora dentro deles. Quero dizer, eles são pequenos. Dá para levá-los na mão.

– Não existem portas – Festa afirmou. – Venha, vou lhe mostrar.

Eles deram uma volta completa na nona e na décima galerias. As únicas portas ali eram as das casas-livros.

Pedro sentou-se em um degrau. Ele se virou para enxugar os olhos com a manga e tentar esconder o rosto de Festa. Ela passou um braço em torno de seu ombro e os dois permaneceram lado a lado, em silêncio. Pedro sentia-se infeliz demais para falar, e Festa não sabia o que dizer.

– E as grandes portas do térreo? – Pedro perguntou, porém já sabia a resposta. Se ainda estivessem lá, coisa de que duvidava, estariam no fundo do lago que agora cobria todo o andar. – Tem de existir um jeito de voltar – Pedro disse. – Tem de existir.

– Mas não existe – Festa retrucou. – Todo mundo saberia se existisse um jeito, não acha?

– Eremita disse que Noturno sabe.

– Sim, mas ele também disse que não sabe onde encontrá-lo.

As duas crianças ficaram em silêncio novamente; entretanto, a simples presença de Festa fazia Pedro se sentir melhor. Ele queria lhe agradecer, mas era tímido demais.

– Como está a sua mão? – ela perguntou.

– Ainda dói – Pedro respondeu.

– Então, venha. Vamos para casa, lá você toma um analgésico e come alguma coisa. Meu pai deve saber o que fazer.

Eles se levantaram e desceram até a quinta galeria, onde Festa morava com os pais em um livro muito velho, da seção de culinária, chamado *Quiches dos ricos e famosos*. Acima da porta, havia uma placa azul e nova onde se lia "Casa da Zeladora". Assim que entraram, Festa parou e enterrou o rosto nas mãos.

– Oh, não! – ela exclamou. – Mamãe vai me matar.

– Por quê? – Pedro perguntou.

– Por causa da sua mão, porque subimos à última galeria – Festa respondeu. – Eles vão ficar doidos.

Dessa vez, Festa ia começar a chorar, mas Pedro pousou as mãos nos ombros da amiga e disse:

– Escute, está tudo bem, não foi sua culpa eu ter perdido o dedo.

– Foi, sim. Não deveríamos ter subido lá.

– Vou dizer que a ideia foi minha.

— Eles não vão acreditar — Festa respondeu. — Eu sou responsável por você, não poderia permitir que fizesse uma coisa assim.

— Não se preocupe — Pedro continuou. — Vou dizer que foi minha ideia, que você tentou me impedir, mas eu não quis saber.

— Não quis saber o quê? — uma voz de homem perguntou.

Era o pai de Festa, que chegara sem ser visto.

— Hum... é... — a menina gaguejou.

— Não quis saber quando ela me disse que não podíamos subir lá — Pedro explicou, apontando para o teto.

— Verdade? — o pai de Festa perguntou.

— Sim — Pedro respondeu. — Eu não sabia. Quero dizer, não moro aqui, como é que ia saber?

Nenhuma das crianças tinha dúvida de que o pai de Festa não acreditara na história, mas ele se limitou a abrir a porta, e os dois o seguiram para o interior da casa.

A mãe de Festa também não acreditou neles; no entanto, os adultos não estavam preparados para chamar as crianças de mentirosas, por isso, elas escaparam. O sermão e a punição que poderiam ter recebido deram lugar à preocupação com a mão de Pedro. A mãe de Festa ficou tão concentrada em cuidar do menino que nem se lembrou de perguntar como ele tinha perdido o dedo.

À medida que a mulher retirava as ataduras colocadas por Eremita, Pedro sentiu que começava a desmaiar. O ouro tinha estancado a hemorragia, porém a dor voltava violentamente. A mãe de Festa o fez sentar-se com a cabeça abaixada entre os joelhos, enquanto limpava e secava o ferimento.

O irmãozinho de Festa, Orlando, ficou observando de olhos bem abertos e fez uma centena de perguntas, mas Festa tirou-o da sala e o colocou na cama.

– Deixe o ouro – Pedro murmurou.

– Preciso limpar a ferida – a mulher disse.

– Mas não toque no ouro – Pedro insistiu. – Limpe em volta.

Quando o braço foi envolvido em ataduras limpas e apoiado na tipoia, a dor se tornou mais suportável. As crianças foram para os fundos da casa, onde o pai de Festa estava assando *quiches*.

– O que devemos fazer? – Festa lhe perguntou, depois de contar que Pedro tinha chegado cedo demais. – A culpa é minha, não é? Eu sou a Zeladora, e estraguei tudo.

– A culpa não é sua – o menino disse. – Se alguém tem culpa, esse alguém sou eu. Deveria ter trazido o livro e não o trouxe.

– Fomos visitar Eremita e...

– Deus do céu, filha! Aquilo não é lugar para crianças – o pai exclamou. – Todo tipo de vilão e demônio se esconde ali. Para não falar das ratazanas.

– Vocês não viram ratazanas, viram? – a mãe, que os seguira até o forno, perguntou.

– Não, não vimos nada – Pedro mentiu.

– Coisas terríveis acontecem lá em cima – o pai disse. – É um milagre que não tenham sido mortos. E a sua mão?

– O que o Eremita disse? – a mãe o interrompeu, dando às crianças a oportunidade de não mencionar Gargalho.

– Ele disse que temos de encontrar o Menino Velho – Pedro respondeu.

– Isso mesmo – Festa acrescentou rapidamente –, o Menino Velho. Sabem onde ele mora?

– Mas ele não existe – a mãe de Festa respondeu. – É apenas um jeito de os pais fazerem os filhos travessos se comportarem. Sabe como é: "Pare com isso ou o Menino Velho vai pegar você".

– O Eremita disse que ele existe? – o pai de Festa perguntou.

– Não – a menina respondeu. – Ele disse que não sabia se ele existia ou não, mas que ele era nossa única chance.

– E o Eremita contou que ninguém jamais trouxe o livro? – o pai de Festa continuou.

– Como? – as duas crianças gritaram em uníssono.

– Bem, tivemos mais de trinta visitantes nos últimos quatro séculos. Muito poucos desde que nasci. Se não me falha a memória, apenas dois ou três. E nenhum trouxe o livro.

– Está dizendo que todos chegaram antes do tempo? – Pedro perguntou.

– Não. Alguns chegaram antes do tempo; outros, tarde demais. E alguns, provavelmente, chegaram na hora certa – o pai de Festa explicou –, mas, seja como for, nenhum trouxe o livro. Alguém ou alguma coisa sempre deu um jeito para que isso não acontecesse.

– Então, a culpa não é minha. – Festa disse.

– Não, querida, nem de Pedro.

– E ninguém conseguiu achar a passagem de volta para pegá-lo? – Pedro perguntou.

– Ninguém – o pai da menina respondeu. – Ainda estão todos aqui.

Ele se inclinou para a frente e segurou os ombros de Pedro.

– Seu pai foi o último a vir, mas acho que já sabe disso.

– Não estou gostando dessa história – Festa disse. – Não quero mais ser a Zeladora.

Decidiram pensar no que fazer apenas no dia seguinte. Talvez os sonhos lhes dessem uma ideia.

Como Viver para Sempre • 133

No quarto de hóspedes, no andar superior, Pedro estava desesperado para dormir, mas a confusão de pensamentos manteve-o acordado. O mundo repousava em silêncio, que só foi quebrado por volta das duas da manhã, quando Orlando acordou gritando. Uma porta se abriu, seguiram-se passos. A mãe de Festa foi acalmar o filho.

Quanto mais Pedro pensava no assunto, mais confuso ficava.

"Se não existe nenhum meio de ir e vir", ele pensou, "quem sabe quando um visitante e um Zelador nascem na mesma hora? Quem sabe quando um visitante vai chegar? E, se as pessoas sempre vêm sem o livro, para que vêm, afinal?"

Obviamente, não tinham lhe contado tudo, mas Pedro não sabia se estavam lhe escondendo informações de propósito ou se apenas não tinham encontrado a pessoa a quem perguntar.

Fosse qual fosse o segredo, havia aparentemente duas forças em ação. A primeira desejava que o livro chegasse às mãos do Menino Velho e que tudo voltasse ao normal. A segunda queria que as coisas continuassem como estavam. Pedro, que até esse momento não precisara de fato questionar nada, passou a encarar tudo sob um novo ângulo. Nada era o que parecia ser, tudo tinha de ser questionado.

Até mesmo as coisas fundamentais da vida, como seu avô.

Pedro sentiu avolumar-se dentro de si a ideia perturbadora

de que o avô sabia muito mais do que havia revelado. Talvez até soubesse que o próprio filho tinha ido para aquele mundo. Ele tentou afastar aquela ideia, porque ela levava a um pensamento ainda pior.

Talvez o avô nem estivesse doente. Talvez tenha fingido para que Pedro empreendesse a jornada que o levara até ali.

Não, impossível. Ele não seria cruel a ponto de fingir que estava doente para conseguir alguma coisa do neto. Com certeza, o velho lhe teria dito a verdade, pois eram muito próximos.

Pedro sentiu a cabeça girar cada vez mais rápido, como se fosse explodir.

Aqueles analgésicos que a mãe de Festa lhe dera é que o estavam enlouquecendo. O avô era o esteio de seu mundo. Se Pedro não pudesse confiar nele cem por cento, em quem confiaria? Ele começou a se sentir só.

Por fim, foi invadido por um sono profundo e tranquilo. Exceto por um sonho. Mais tarde, quando pensou no assunto, não teve certeza se aquilo tinha sido real ou um sonho. Não, "real" não era a palavra certa, pois existem sonhos muito reais.

Na calada da noite, quando apenas as corujas faziam sua vigília, Pedro acordou. Havia alguém no quarto. Não que ele tivesse visto qualquer coisa, pois estava muito escuro. Além disso, o intruso não fizera barulho. No entanto, Pedro sentiu uma presença no quarto. Ele prendeu a respiração e apurou os ouvidos.

Nada.

Então, ouviu a voz.

– *Vejo você na enciclopédia* – ela disse, e desapareceu.

Pedro chamou, porém ninguém respondeu.

Na manhã seguinte, muito cedo, quando todos estavam dormindo, Festa esgueirou-se até o quarto de Pedro e o sacudiu. Ela pôs um dedo sobre os lábios dele, para lhe pedir silêncio, e inclinou a cabeça na direção da porta. Quando as duas crianças deixaram o quarto, Arquimedes abriu um olho, mas voltou a dormir. Pedro e Festa desceram a escada na ponta dos pés, abriram a porta sem fazer barulho e saíram.

– Não queria contar à mamãe aonde estávamos indo – ela explicou, enquanto se encaminhavam ao primeiro nível, em busca de Nebulus –, caso contrário, ela tentaria nos impedir.

Como Viver para Sempre • 137

– Onde fica a enciclopédia? – Pedro perguntou.

– Qual enciclopédia?

– Não disseram – ele respondeu. – Disseram apenas que me encontrariam lá.

– Quem?

Pedro contou-lhe sobre a voz.

– Deve ter sido um sonho – ela disse. – Provavelmente, não significa nada.

– Talvez – ele respondeu.

– Um dos nossos sonhos gira em torno da enciclopédia – Festa explicou. – Quem sabe agora que está aqui você vai começar a ter os nossos sonhos...

– Como é o sonho?

– A gente entra num desfiladeiro profundo, mas, em vez de rochas, os paredões são feitos de livros imensos, milhares e milhares de livros que formam a maior enciclopédia do mundo, cinquenta milhões de vezes maior do que a *Enciclopédia Britânica*. Então, a gente caminha no fundo do desfiladeiro, ao lado de um rio, tentando achar o volume que contém uma palavra especial, e nunca o encontra. O desfiladeiro não tem fim, e a gente nunca acha a letra que está procurando, e...

– Não, não era assim – Pedro disse. – Era apenas uma voz. Só isso.

Quando desceram ao andar de baixo, Festa apontou para o centro do lago circular, sobre o qual pairava um nevoeiro espesso, e disse:

— Dizem que o Menino Velho mora lá. Aquela é a ilha.

— Ninguém foi até lá? – Pedro perguntou.

— Não. Ninguém se aproxima da ilha. Ela é assombrada. Olhe, dá para ver.

— O nevoeiro deve desaparecer de vez em quando.

— Não. Ele fica andando em círculos – Festa explicou. – Dizem que os barcos que chegam lá jamais retornam. Algumas pessoas afirmam até que não existe ilha alguma, apenas o nevoeiro.

— A ilha existe, sim. Eu a vi quando cheguei aqui – Pedro disse.

— Verdade? Uau! Você é a única pessoa que eu conheço que viu a ilha. Talvez seja o destino.

— Como assim?

— Bem, talvez você a tenha visto porque o seu destino é chegar lá – ela sugeriu.

Festa crescera com medo do nevoeiro que pairava sobre o centro do lago. Como Zeladora de Pedro, ela não poderia se recusar a acompanhá-lo. Por isso, desejou que não encontrassem Nebulus, ou que, se o encontrassem, ele se recusasse a levá-los até a ilha. No entanto, ela sabia que, se isso acontecesse, Pedro esperaria a noite e roubaria um barco.

O menino desceu os degraus de ferro até a galeria seguinte, e Festa seguiu-o. Enquanto as crianças desciam até o nível da água, a névoa matutina envolvia seus pés.

Na galeria térrea, os livros estavam gastos e descascados, resultado de anos de exposição à umidade que vinha do lago. A tinta dourada havia desaparecido das lombadas, o couro desbotara e se enchera de mofo. Os vidros das janelas estavam opacos, ocultos sob várias camadas de pó e teias de aranha. As pessoas que moravam ali sabiam que era inútil limpá-los, porque, dali a alguns dias, estariam sujos novamente. Aquele era um lugar úmido e pegajoso, onde os rumores cresciam até se tornarem reais. Todo o andar cheirava a abandono e decadência, embora mantivesse a atmosfera emocionante do litoral. Entre os molhes e os ancoradouros, havia possibilidades inesperadas, a chance de um barco conduzi-lo ao tipo de lugar que só existe nos livros.

Em torno da água, enfileiravam-se casas de barco de madeira que pareciam a ponto de desabar. As paredes estavam verdes de mofo. Entre as construções, passarelas estreitas levavam à água, onde barcos de todos os tipos e tamanhos estavam parados. A maior parte das passarelas formava um declive acentuado, pois os mastros que as sustentavam afundavam cada vez mais no lodo do fundo do lago. O burburinho da entrada e da saída dos barcos era constante. Caixas com peixes eram descarregadas. Pessoas e pacotes embarcados. Cargas estranhas, escondidas por lonas, eram transportadas para armazéns escuros, cujas portas se fechavam rapidamente.

Os moradores do andar de Festa consideravam o térreo um lugar malcheiroso e úmido, aonde iam apenas para comprar peixe, mas Pedro estava encantado. Ele parecia uma pintura antiga que o avô pendurara acima da lareira do apartamento. Não foram poucas as noites de inverno em que Pedro se sentara diante da lenha flamejante e observara a pintura. As chamas e o calor sempre o transportavam para um estado de entorpecimento que o fazia imaginar-se dentro do quadro. A água parecia se mexer, e ele sentia o cheiro do mar. Agora estava mesmo dentro da pintura, e ela era tão parecida com a outra que devia ser o mesmo lugar. Uma sensação cálida de relaxamento começou a tomar conta de Pedro, e ele teria se entregado a ela de bom grado se Festa não o tivesse cutucado.

– O que foi? – ela perguntou.

– Nada – o menino respondeu, voltando à realidade.

Festa percebeu que uma grande tristeza o invadira. Ela

sentiu o mesmo. Era uma tristeza reconfortante, um sentimento que, embora perigoso, os unia, e talvez estivesse relacionado ao fato de eles terem nascido no mesmo dia. Era como se uma força invisível tivesse tocado os dois exatamente no segundo em que tinham vindo ao mundo.

Festa queria abraçar Pedro com força, mas não tinha coragem.

Para todos os cantos que olhava, Pedro via pessoas cuidando da própria vida, com os olhos fixos no chão, para evitar o rosto das crianças. Todos sabiam por que Festa e Pedro estavam ali e não queriam se envolver. A menina parou alguns transeuntes, mas todos balançavam a cabeça e apontavam para os barcos.

– Eu avisei – ela disse. – Ninguém quer ir.

– Ora, pare com isso, são apenas histórias da carochinha – Pedro resmungou. – Os adultos acreditam nessas histórias estúpidas. Eles se sentem seguros assim.

– Eles têm medo. Acham que a ilha é assombrada – Festa retrucou. – Acham que os barcos afundarão se chegarem perto da ilha.

– E Nebulus? – Pedro perguntou.

– Ele deve estar no último ancoradouro – Festa respondeu, desejando que ele não estivesse lá.

Porém, ele estava. No final do último ancoradouro, sentado em uma cadeira de madeira, fumando um cachimbo, com Arquimedes aninhado em seu colo. Ele parecia estar fitando a água, mas, se fosse realmente surdo, mudo e cego, nada estaria enxergando além de lembranças antigas. A seu lado, o barco permanecia vazio e silencioso, aparentemente tão frágil que se despedaçaria diante da menor onda.

Durante as explorações pelos esconderijos do museu, Pedro se acostumara a ver Arquimedes surgir em lugares inesperados. Fora assim a vida toda, por isso o menino achou natural ver o gato, mas Festa mostrou-se muito surpresa.

– Vai nos levar à ilha? – ela perguntou.

O homem não respondeu. Parecia não ter se dado conta da presença das crianças. Festa passou a mão na frente dos olhos dele, mas ele também não percebeu o movimento.

– Então, é verdade. Ele é surdo, mudo e cego – ela disse.

– Como é que vamos conversar com ele?

– Assim – Festa respondeu.

Ela pegou a mão do homem, abriu os dedos e começou a escrever na palma. Nebulus virou os olhos cegos para as crianças e assentiu com a cabeça. Pela expressão de seu rosto, Pedro concluiu que Nebulus esperava por eles. O homem se levantou, carregando Arquimedes nos braços, e os conduziu até o barco, sem um único tropeço. Ele desamarrou as cordas e, enquanto se afastavam da margem, abriu a vela. Molhou o dedo, ergueu-o no ar e virou o barco na direção do nevoeiro.

– Como ele sabe o caminho? – Pedro perguntou.

– Acho que ele pode senti-lo – Festa respondeu. – Dizem que nasceu lá. Aliás, ele é o único que sabemos ter nascido na ilha. Imagino que o caminho esteja impresso na alma dele.

– Como os salmões, que nadam milhares de quilômetros pelo oceano de volta ao riacho em que nasceram – o garoto comentou.

– Isso mesmo – ela disse.

Uma brisa indolente inflou a vela, e eles rumaram para a ilha.

A princípio, as crianças ficaram em silêncio, lado a lado, na parte da frente do barco. Pedro e Festa não sabiam o que dizer e estavam ambos mergulhados nos próprios pensamentos. Pedro continuava a ver o avô sentado no chão da cozinha, lívido, segurando o peito com uma expressão de medo. Permanecer para sempre na biblioteca simplesmente não era uma opção. Tinha de encontrar o caminho de volta e ajudar o avô.

– Como está a sua mão? – Festa perguntou.

– Latejando – Pedro respondeu.
– Mas não está sangrando mais, não é?
– Não. Poderia ter sido pior.
– Imagino que sim.
– Quero dizer, se tivesse sido o polegar, eu não conseguiria mais pegar as coisas direito.
– Sim – Festa concordou. – Poderia ter sido pior.

Ela se aproximou de Pedro e segurou a mão machucada.

– Me desculpe – ela disse calmamente.
– Por quê?
– Bem, eu não deveria ter levado você lá para cima. Acho que sou a pior Zeladora que já existiu.
– Não, não é.
– Aposto que ninguém antes ficou sem o dedo – Festa disse.
– Não foi culpa sua – Pedro tranquilizou-a. – Tínhamos de falar com Eremita.
– Talvez.
– Seja como for, você estancou o sangramento. Sabe – Pedro disse, corando e olhando para os pés –, você salvou minha vida.
– Obrigada – Festa disse e lhe deu um beijo no rosto, o que o fez corar ainda mais.

Como Viver para Sempre • 145

Eles ficaram em silêncio. Pedro estava sentindo falta do conforto da sua casa. Desde que se entendia por gente, vivera em um mundo seguro, e nenhuma parcela dessa segurança o acompanhava no barco velho que navegava pelo lago irreal. Estava a ponto de chorar. E sentia-se feliz por ter Festa a seu lado.

– Fale-me sobre o lado de fora – ela pediu, percebendo a tristeza de Pedro e tentando fazer alguma coisa para distraí-lo.

– Como assim? – Pedro disse, agradecido pela distração.

– Bem, aqui nós podemos ver o mundo inteiro – Festa respondeu. – Se subirmos à nona galeria em um dia sem nuvens, podemos enxergar até o outro lado. Vemos o telhado e as janelas altas por onde o sol entra. Dá para ver tudo.

– Mas isso não é tudo, é? – Pedro disse. – E o que está além das janelas? Lá é o lado de fora.

– Mas lá só tem o céu, que é como um grande cobertor sobre o telhado – Festa respondeu.

– Não é assim, não – Pedro retrucou. – O céu não acaba nunca. O único jeito de vê-lo inteiro seria voar em uma espaçonave, e, mesmo assim, talvez só desse para ver um pedaço dele, pois haveria bilhões de quilômetros de espaço em volta.

– Eu odiaria isso – Festa disse. – Não saber o que existe em volta.

— Mas estaríamos mortos se não fosse pelo céu — Pedro retrucou. — O Sol fica no céu e é de lá que vem a chuva. De onde vem a chuva neste lugar?

— Aqui não chove.

— Não é possível — Pedro disse. — Como a grama cresce?

— Eu não sei — Festa respondeu. — Quando acordamos de manhã, a grama está molhada.

— Então deve chover.

— Eu pensei que a grama transpirasse durante a noite.

Pedro olhou-a de lado. A ideia era tão ridícula que ele achou que ela estivesse brincando, só para animá-lo, porém, se fosse isso, não deixara transparecer.

— E o museu? — Festa perguntou. — Fale sobre o museu.

Pedro contou-lhe que o museu o fazia sentir-se seguro, como ela se sentia na biblioteca. Os dois tinham limites visíveis.

— Isso traz segurança — ele disse. — Mesmo quando ando pelos corredores e pelos depósitos, cujas fronteiras parecem não existir, mesmo assim, sei que estou no meu mundo.

— Eu não gostaria de morar do Lado de Fora — Festa concluiu.

— Mas tem um pouco de magia também — Pedro disse. — Sempre existe a possibilidade de algo maravilhoso acontecer.

Como Viver para Sempre • 147

— Sim, mas algo terrível poderia acontecer também — Festa retrucou. — Prefiro ficar aqui, onde consigo ver tudo.

— Bem — Pedro disse, segurando a mão envolta em ataduras —, aqui também existem coisas ruins.

— Só que aqui nós sabemos onde elas estão — Festa devolveu. — Não se deve ir às galerias de cima. Ponto final.

Pedro sabia o que ela queria dizer. Sua segurança estava dentro do museu, e as galerias superiores eram o lado de fora. Embora jamais tivesse desejado abandonar o museu amado, ele também sabia que no mundo exterior qualquer coisa poderia acontecer. O museu era seguro, no entanto, muitas vezes isso acabava com a magia.

Agora, entretanto, a maior de todas as magias estava acontecendo bem no interior do museu.

A seguir, Festa perguntou-lhe sobre a escola, pois nunca tinha frequentado uma. Ali, naquele lugar, os pais, os irmãos mais velhos, os primos ou os vizinhos ensinavam tudo que era preciso saber. Ela achava muito esquisita a ideia de ir a um lugar estranho, com estranhos dos quais poderíamos nem gostar, para aprender coisas. Para Pedro, naturalmente, isso era perfeitamente normal, embora ele devesse admitir que não era tão feliz na escola quanto no museu. Ele gostava da ideia de ficar em casa e aprender tudo com a família, mas como a mãe trabalhava o dia todo, só restava o avô.

— Eu não tenho irmãos — Pedro disse. — Somos eu, minha mãe e meu avô.

— Você não se sente só? — Festa perguntou.

— Acho que sim — ele respondeu. — Nunca pensei nisso.

— E primos e tios?

— Não tenho, somos só nós três — Pedro disse, percebendo como às vezes se sentia só.

— Eu tenho um monte de primos, Orlando e uma irmã mais velha, que tem dois filhos.

— Eu tenho Arquimedes — Pedro disse. Mas um gato, por mais inteligente e bacana que fosse, não era a mesma coisa que um irmão.

O vento se transformou em não mais que uma brisa, e o barco mal parecia se mover. Pedro sentia-se cada vez menor e cada vez mais distante de tudo o que conhecia. Queria se esconder nos braços da mãe, que ela acariciasse o seu cabelo e lhe dissesse que tudo estava bem. Porém, embora gostasse dele, sua mãe não sabia demonstrá-lo, e só acolhia o filho quando ele se machucava ou tinha pesadelos.

Festa chegou mais perto de Pedro e pousou um braço sobre o ombro dele. Em sua família, ninguém tinha problemas para demonstrar afeto pelos outros.

— Serei sua irmã — ela disse, e Pedro começou a chorar. — Está tudo bem — ela o acalmou.

— Minha mão está doendo — ele reclamou, para disfarçar a verdadeira razão das lágrimas.

Quando se aproximaram da ilha, o homem começou a chorar também. Lágrimas silenciosas corriam pelo seu rosto, mas sua boca ainda sorria. Ele farejou o ar. Pedro e Festa não sentiram cheiro algum, no entanto algo guiava Nebulus, algo que lhe despertava lembranças. De vez em quando, ele ajustava o leme para se manter na rota.

Eles atravessaram a parede de nevoeiro e, no começo, só conseguiam enxergar a neblina espessa por todos os lados. Festa abraçou Pedro. Estava com medo. E agora era a sua vez de buscar conforto. Depois de um tempo, uma forma escura surgiu à frente. Logo apareceu uma praia. Quando eles se aproximaram mais, o nevoeiro desapareceu, e foi possível avistar uma floresta densa e montanhas altas ao longe. Do alto das galerias, o nevoeiro não parecia tão grande, mas a ilha se estendia por vários quilômetros.

O barco chegou à praia, e as crianças pularam para fora. Ainda segurando Arquimedes, Nebulus seguiu-os e caiu de joelhos na praia. Ele correu a mão pela areia e despejou um pouco nos bolsos. Beijou o chão e encostou o rosto nele, tão imóvel que as crianças pensaram que ele poderia ter morrido por causa da emoção do retorno.

Festa ajoelhou-se ao lado do homem e pôs a mão na sua cabeça. Nebulus se sentou e rabiscou a areia com os dedos.

Não vejo, não falo, não ouço
Mas estarei aqui para sempre
Como vocês, ano após ano

A seguir, ele soltou o barco, subiu nele e voltou para o lago.

– Espere! – Festa gritou, mas obviamente Nebulus não a escutou. – Eu ia pedir que ele voltasse amanhã para nos pegar – ela disse, enquanto o barco se afastava.

– Para onde será que devemos ir? – Pedro perguntou.

Depois da praia, havia uma floresta fechada que se estendia por toda a baía e terminava em penhascos íngremes nas duas extremidades. Parecia não haver espaço entre as árvores, e a única pista do caminho a tomar vinha das pegadas de Arquimedes, que seguiam em linha reta na direção da mata.

Na água, o barco deslizou lentamente para dentro do nevoeiro e sumiu de vista.

– Se Nebulus gosta tanto desta ilha, por que não mora aqui? – Pedro perguntou.

– Eu não sei – Festa respondeu –, mas este lugar me dá medo.

As crianças seguiram Arquimedes até a borda da floresta. Havia uma trilha no meio das árvores, e o gato, miando alto para que as crianças o seguissem, enveredou por ela. Logo eles estavam andando na semiescuridão de uma floresta densa. Acima das copas, a névoa se dissipara, o céu estava azul e o sol brilhava; porém, o chão estava escuro e frio, como em uma noite de inverno. De vez em quando aparecia uma abertura entre os galhos, e o sol iluminava o local como um holofote. O ar estava parado e o silêncio reinava; era o tipo de lugar em que alguém o seguiria com os olhos, mas não parecia haver nada vivo por ali, nem mesmo insetos.

Eles caminharam a manhã toda, subindo sem parar, e, à medida que subiam, as árvores se tornavam menores e mais espaçadas. Mais acima, elas deram lugar a arbustos e rochas esporádicas, e o ar começou a esfriar.

– Precisamos achar o sino – Festa disse.

– Que sino?

– O Sino da Jornada. Assim que tocarmos o sino, Treliça aparecerá e nos levará pelo vale até a cachoeira – ela explicou.

— Quem é Treliça?

— Uma égua.

— Se você nunca veio aqui, como é que sabe essas coisas? — Pedro perguntou.

— Está no sonho da enciclopédia — Festa respondeu. — Todo mundo sabe.

— Está dizendo que é uma lenda?

— Acho que sim, mas todos acreditam nela.

— Mas você não conhece ninguém que tenha vindo até aqui. Não conhece ninguém que tenha visto mesmo tudo isso?

— Não exatamente — Festa respondeu.

— Como assim, não exatamente? Ou viram ou não viram — Pedro disse.

— Todos vimos — ela explicou. — Nos sonhos.

— Todos?

— É claro. Todo mundo sonha com a mesma coisa.

Pedro parou e fitou Festa.

— Quer dizer que todos sonham com a mesma coisa, na mesma hora?

— Não sei se é na mesma hora — Festa respondeu —, mas os sonhos são iguais. Qual é o problema?

Pedro achou muito estranho. Não sabia explicar exatamente por quê, porém, até o relato de Festa, jamais lhe ocorrera que aquilo pudesse acontecer. Tinha certeza de que aquilo não acontecia no mundo de onde vinha.

– Até os cachorros? – ele perguntou.

– Os cachorros?

– Estava pensando se os cachorros e os gatos também têm os mesmos sonhos.

– Eu não sei – Festa disse. – Acho que não. Quero dizer, acho que os cachorros sonham que estão caçando gatos. Nunca pensei que os gatos pudessem ter aquele sonho.

– E quantos sonhos vocês têm? – Pedro perguntou.

– Treze, um para cada mês, um para cada galeria – ela respondeu. – Tem o da Treliça e o Sino. O da garrafa de vidro, o da baleia, o do morcego gigante...

– Treze meses? – Pedro estranhou. – Não são treze meses, são doze.

– Não seja burro – Festa retrucou. – São treze.

– Quais são os meses então? – ele perguntou.

– Janeiro, fevereiro, março, abril, maio – Festa começou.

– Junho, julho, agosto, setembro – Pedro continuou.

– Outubro, novembro, dezembro, relembro – Festa concluiu.

– Relembro?

– O último mês do ano.

– Não existe um mês chamado relembro – ele objetou.

– É claro que existe – Festa retrucou. – São doze meses com trinta dias, e os cinco dias restantes são chamados de relembro. É quando todos lembramos o que aconteceu no ano que passou. Tem de existir relembro, caso contrário, o ano seguinte começa desequilibrado.

– Então, existe um sonho para cada mês?

– É claro – Festa respondeu. – O sonho da enciclopédia acontece em maio.

Festa fitou Pedro com a expressão de quem duvidava que ele fosse tão inteligente quanto parecia. Os treze sonhos e o mês de relembro eram coisas básicas da vida. Não eram opiniões ou fatos que aprendíamos depois de crescer. Eram coisas que as pessoas conheciam desde o nascimento, exceto no mundo de Pedro, mas Festa não sabia disso.

– Por isso, o mês se chama "relembro" e não "esqueço".

Pedro não conseguia se concentrar. Decidiu que, no momento, não tinha espaço na cabeça para tanta esquisitice, não com tudo o que estava acontecendo.

Arquimedes caminhava à frente deles. Pedro observou o animal e imaginou que espécie de sonhos os gatos teriam.

– Deve ser depois da próxima subida – Festa disse, com convicção.

O solo se tornou plano. Tinham chegado ao topo da

montanha. A trilha se alargou e o Sino apareceu, suspenso em um tripé de madeira. Ao lado do Sino, jaziam os restos de uma fogueira, alguns galhos e tecido queimados.

E lá estava a enciclopédia.

À frente, o terreno descia de forma íngreme até um vale estreito e comprido, com penhascos dos dois lados, e os penhascos eram iguais aos do sonho de Festa: livros escuros, altos e maciços, milhares e milhares de livros até onde a vista alcançava. O vale era tão profundo que o sol jamais chegava lá embaixo. Em meio à escuridão, Pedro avistou um rio meio escondido pelas árvores e, ao longe, na outra extremidade do vale, uma cachoeira reluzente que emergia de uma caverna escura no centro do penhasco.

Era igualzinho ao sonho, exceto pelo fato de o vale ter fim. Festa ficou maravilhada. Jamais parara para refletir se os sonhos mostravam coisas reais. Eram apenas sonhos, coisas que lhe vinham à cabeça enquanto dormia. Quando estava acordada, estava tudo ali, à sua frente. Quando dormia, tudo estava em sua mente. Jamais se perguntara se as duas coisas eram uma só. Ambas eram reais, embora de forma diferente.

Sim. Ali estava. A cachoeira.

– É para lá que temos de ir – Festa disse, apontando para a queda-d'água.

— Mas vai demorar muito — Pedro objetou. — A cachoeira está a quilômetros daqui. Como vamos descer até o vale?

— Você tem de tocar o Sino — Festa explicou. — Treliça aparecerá.

Pedro puxou a corda pendurada no interior do Sino, mas ele não produziu som algum. Faltava o badalo, a peça de metal que faz barulho.

— Está quebrado — ele disse.

— Não, não está — Festa respondeu. — O encarregado de tocar o sino deve trazer a peça que o faz soar.

— Por que não me disse isso antes? — Pedro retrucou. — Eu não trouxe nada.

— Esvazie os bolsos.

Só havia ali lenços de papel, algumas moedas e o relógio do pai.

— Você vai ter de usar isso — Festa disse, apontando para o relógio. — Tem de usar o seu bem mais precioso.

— Mas não...

— Se você não fizer isso, o Sino não funcionará.

— Não posso pegar uma pedra e amarrá-la na corda?

— Não, desse jeito não vai funcionar — Festa explicou. — Tem de ser alguma coisa realmente importante para você, alguma coisa que represente um sacrifício.

Ele sentiu as lágrimas aflorarem. O relógio era a única lembrança do pai, a única prova de que ele existira, além do próprio Pedro, é claro. O relógio o tornava uma pessoa real e não apenas uma lembrança desconhecida. O menino ficara com o relógio apenas alguns dias, e agora iria perdê--lo. No entanto, sabia que teria de desistir dele se quisesse continuar a jornada, e, por isso, prendeu-o na corda. Talvez o relógio permanecesse intacto se ele puxasse a corda com delicadeza. Além do mais, a descoberta de que o pai tinha outra mulher e uma filha tornara o relógio menos precioso.

O Sino produziu um som diferente de todos os sinos que ele conhecia. Sua música flutuou pelo lago. Mesmo sendo cego, surdo e mudo, Nebulus sentiu a melodia. Ela lhe trouxe lembranças felizes da infância, lembranças que havia colocado de lado e esquecido muitos anos antes. A música flutuou até os cais e as galerias inferiores, e todos os que a ouviram pararam por um momento. As crianças a escutavam pela primeira vez. E os velhos, apesar de já a terem escutado várias vezes, ficaram comovidos do mesmo jeito. Embora ninguém soubesse exatamente por quê, a música do Sino da Jornada era o som mais bonito e perfeito de todos. Era tão puro que podia ser ouvido a quilômetros de distância, uma canção encantadora que ecoava para sempre. Era um som que ninguém jamais esqueceria, que soava diferente para cada pessoa. Até mesmo Arquimedes, que estava se limpando, parou para prestar atenção.

Quando o Sino soou, o relógio foi destruído. Pedro esforçou-se para não chorar e recolheu todos os fragmentos que conseguiu achar na terra, colocando-os de volta no bolso.

Mas o sacrifício surtiu efeito. Uma égua branca apareceu. Ela se abaixou e acariciou Arquimedes com o focinho, como se o gato fosse um velho amigo, e a seguir colocou-se ao lado de uma pedra, para que Pedro e Festa pudessem montá-la. Ele subiu no dorso da égua e a segurou pela crina com a mão boa; Festa subiu atrás e o enlaçou pela cintura. Ela disse alguma coisa para o animal, tão baixinho que Pedro não entendeu. Treliça assentiu com a cabeça e se dirigiu à trilha estreita que descia a montanha em direção ao vale.

A trilha estava em péssimas condições. Os galhos crescidos eram a prova de que havia muito tempo que ninguém andava por ali. A égua caminhava lentamente pela superfície instável, fazendo grandes pedaços de rocha deslizarem montanha abaixo. Quase todo o caminho se desintegrava à sua passagem. Não seria possível retornar por ali, e ninguém conseguiria segui-los.

As crianças se seguraram firme, apavoradas com a possibilidade de a égua tropeçar e jogá-las para a morte, mas Treliça prosseguiu para o vale sem sobressaltos.

Escureceu. A luz do sol iluminava o topo das montanhas, porém ali embaixo tudo eram sombras. Afinal, a trilha acabou e eles se viram no fundo do vale. O rio que corria no meio das árvores desaparecia nas rochas amontoadas ao pé do penhasco.

Atrás deles, a trilha continuava a se desintegrar, e mais rochas caíam no rio. As pedras menores preenchiam os vãos deixados pelas maiores. E pedras ainda menores preenchiam os vãos deixados pelas primeiras. Às rochas seguiram-se seixos e depois cascalho, até que o penhasco se transformou em uma parede lisa. Por fim, uma areia fina preencheu as últimas fissuras. O rio não tinha mais para onde correr.

Devagar, devagar demais para que se notasse no início, o rio começou a subir pelas margens, inundando a grama.

– É melhor dar o fora daqui – Pedro disse.

Treliça seguiu o rio pela floresta. A noite caiu. As crianças adormeceram, e, quando a égua chegou a um terreno mais alto, ela parou e descansou. Essa seria sua última jornada. Como a trilha desaparecera para sempre, o vale voltaria a ser uma lenda, e Treliça passaria ali o resto da vida.

O velho animal deitou-se na grama, e as crianças escorregaram de seu dorso sem acordar. Enquanto dormiam, Treliça pensou em todos os que já transportara pela montanha, não mais que um punhado em sessenta anos de existência. O último, que viera cerca de dez anos antes, era um homem solitário, estranhamente parecido com o menino que agora dormia com a cabeça apoiada em suas pernas.

Em algum momento depois da meia-noite, naquelas horas em que se acorda sem saber se é dia ou noite, uma figura encapuzada ajoelhou-se ao lado de Pedro. Ela colocou uma das mãos sobre a boca do menino e, com a outra, sacudiu-o delicadamente.

– Não tenha medo – a figura sussurrou. – Estou aqui para ajudá-lo. Venha.

Pedro se encolheu, mas a figura colocou-o de pé, ainda tapando-lhe a boca, e sumiu com ele nas trevas. Quando estavam longe o bastante para conversar sem serem ouvidos por Festa ou Treliça, a figura parou.

– Afinal nos encontramos – a figura disse. – Sou Noturno.

— A maioria das pessoas acha que você não existe – Pedro retrucou, afastando-se e perscrutando a escuridão em busca de um meio de fugir.

— E elas podem ter razão – Noturno disse. – É inútil tentar fugir. Aonde quer que vá, eu chegarei primeiro. Você está me vendo, portanto, devo existir, ao menos aqui e agora.

— Não entendi – Pedro respondeu.

— Bem, eu posso ser quem sou, posso ser outra pessoa ou posso ser apenas fruto da sua imaginação.

Pedro conhecia aquela voz. Era a mesma que tentara fazê-lo ler o livro. Era a voz que falava enquanto mãos invisíveis o empurravam pela parede.

— Foi você que me trouxe até aqui sem o livro, não foi?

— Sim – Noturno respondeu. – E também fui eu que trouxe os outros, antes de você.

— Por quê?

— O livro altera as coisas – Noturno explicou. – E eu não quero mudanças. Ou melhor, não queria mudanças. Agora estou farto de viver só e decidi permitir mudanças, mas de uma forma que eu possa controlar.

— Por que nos trouxe até aqui?

— Não fui eu quem os trouxe, foi o livro. Foi ele que o colocou nesta jornada. Embora eu tenha criado o livro, ele se transformou em um filho rebelde e não me obedece mais. O máximo de controle que consegui exercer sobre ele foi trazer você mais cedo – Noturno explicou. – Mas agora quero mudanças, e você vai me ajudar. Seu pai se recusou, porém, na época, não havia um avô moribundo para persuadi-lo.

Ao ver o medo estampado nos olhos de Pedro, ele acrescentou:

– Não se assuste. Vou ajudá-lo. A grandeza é uma das minhas qualidades.

– Como?

– Vou trazer o livro.

– Dá pra fazer isso? Eu sabia que tinha um jeito de voltar. Como é que se faz?

O terror que Noturno lhe inspirava deu lugar a uma grande animação. Eles iriam pegar o livro. Tudo voltaria ao normal.

– Você não vai fazer *nada* além de esperar aqui – Noturno disse.

– Não posso ir junto? – Pedro perguntou, sentindo o medo voltar.

– Não – ele respondeu sem mais explicações.

– Mas você sabe onde está o livro?

— É claro que sei. Ouço a voz dele. Ele me chama da prisão que aquela velha desprezível fez com a cortina. O filho chama pelo pai. Ele está me esperando embaixo da sua cama. Vou trazê-lo para você, mas isso tem um preço.

— Um preço?

— Naturalmente – Noturno respondeu. – Nada é de graça, e quanto maior a recompensa, mais alto o preço.

Pedro nada disse. Estava assustado demais para falar e pensar. Não precisava. Sabia qual seria o preço.

— Quer saber o preço? – Noturno perguntou.

— Vou ter de ler o livro, não é?

— Garoto esperto – Noturno respondeu. – Uma criança inteligente assim *deve* ler o livro. Uma criança inteligente assim deve viver para sempre. Você lerá o livro, e juntos realizaremos grandes façanhas. Juntos nós vamos dar um basta neste caos.

— Eu... – Pedro começou.

— Pense um pouco – Noturno disse. – Muito embora nós dois saibamos qual vai ser a resposta, não é?

— Sim – Pedro disse, tranquilo. Lembrou-se do avô sentado no chão, pálido, e baixou a cabeça para esconder as lágrimas. Lembrou-se também do filho grotesco de Betina e imaginou que aquele seria seu fim. O amor pelo avô e o

Como Viver para Sempre • 165

pavor de uma meia-vida infindável travavam uma batalha dentro do menino. O coração brigava com a razão, mas Pedro sabia que, não importa quanto lutasse, no final, ele leria o livro.

– Espere aqui – Noturno disse. – Voltarei antes do amanhecer.

Quando Noturno partiu, Pedro sentou-se, desanimado, contra uma árvore, e fitou a escuridão. Rio acima, uma coruja solitária piava sem parar. Aos poucos, o piado cessou, restando apenas o ruído da água.

Pedro imaginou-se flutuando acima do planeta, olhando para si mesmo encostado na árvore, no vale estreito e escuro formado pelos volumes da grande enciclopédia. Ele parecia muito pequeno, ainda menor à medida que subia mais alto no céu.

O menino imaginou uma daquelas bolas de vidro que encerram um mundinho. Basta girá-la para que comece a nevar lá dentro. Viu-se dentro da bola, segurando outra bola, que continha mais outra bola. Sentiu-se preso e impotente.

Tudo que queria nesse momento era voltar à sua cama no pequeno apartamento localizado no interior do museu, esquecer os corredores e os depósitos ocultos, esquecer o pai, esquecer tudo, exceto as coisas simples da vida. Mas lá estava o avô. Sem sua ajuda, ele morreria, e Noturno traria o livro. Estava em suas mãos fazer o velho ficar curado. Se para isso tivesse de ler o livro, tudo bem.

Arquimedes saiu das sombras e se aconchegou em seu colo. Como sempre acontecia quando o gato se aproximava dele, Pedro espantou a tristeza e tentou ver o lado bom da situação.

"Talvez não seja tão ruim viver para sempre", ele pensou.

Não, será maravilhoso, o livro disse dentro de sua cabeça. *O paraíso. Um paraíso perfeito para todo o sempre. O mundo todo e tudo que existe nele na palma da sua mão. Juntos, seremos Deus.*

Não precisaria abandonar seu querido museu, e, com uma quantidade infinita de tempo à disposição, poderia procurar a passagem entre os dois mundos, a passagem cuja existência Noturno revelara.

Porém, esse pensamento era assustador. Será que ele acabaria como Betina e seu filho grotesco, numa sala sem janelas, ansiando por uma única coisa, a morte?

Não, ele não. Betina era velha quando leu o livro, e a criança estava morrendo, mas Pedro era jovem e saudável. Sentia o apelo irresistível do livro.

Seriam Deus.

Ele e Noturno.

Arquimedes fitou-o. Seus olhos amarelos refletiam e ampliavam a luz tênue da lua. O gato esfregou a cabeça no queixo de Pedro e ronronou, como se dissesse: "Não importa o que aconteça, estarei sempre a seu lado".

— Você também vai ler o livro? — murmurou.

Tentou pesar os prós e os contras. As horas passavam, e ele ficou ruminando os mesmos pensamentos. Por fim, quando a lua subiu e iluminou o vale, uma agitação nos arbustos denunciou a chegada de Noturno. Arquimedes sibilou e se esgueirou para a escuridão.

— Aqui está — ele disse, entregando-lhe o livro.

— Eu...

— Tarde demais para dúvidas — Noturno repreendeu-o. — Além do mais, o acordo está feito. Aqui está o livro. Você não pode recuar.

— Eu sei — Pedro respondeu e estendeu o braço.

O livro ainda estava amarrado com as tiras de veludo. Pedro pegou-o. Parecia vivo, implorava para ser libertado, para ser aberto e lido.

— Vá em frente — Noturno disse. — Você sabe que esse é o seu destino. O livro não conversou com você enquanto eu o trazia?

— Sim.

– E você acha que ele conversa com todo mundo? Não. Ele só conversa com os poucos escolhidos.

Pedro hesitou.

– Pode esperar quanto quiser – Noturno disse –, mas saiba que, ao final, irá lê-lo. Saiba que ele o escolheu. Saiba que ele é parte do seu destino.

– Eu sei – Pedro respondeu. – Se eu o ler, você vai me mostrar a passagem de volta?

– Isso não estava no acordo – Noturno retrucou. – Mas, se você se aliar a mim, se você se tornar meu aprendiz, então eu lhe mostrarei a passagem. Viajaremos entre os dois mundos muitas e muitas vezes, pois seremos seus donos. Todos os que neles vivem nos obedecerão.

– Eu...

– Nem pense em me trapacear – Noturno advertiu-o. – Dizer "sim" não basta. Você deverá cumprir minhas ordens, obedecer-me durante dez anos e um dia. Só então eu lhe mostrarei a passagem.

Pedro baixou a cabeça. Nessa altura, o avô já teria morrido.

– Me diga uma coisa – começou. – Por que mudou de ideia?

– Cheguei aonde podia sozinho – Noturno respondeu. – Meus sonhos foram frustrados. Para transformá-los em realidade, preciso de aliados. E, para isso, tenho de compartilhar meus segredos com alguém, alguém com a força e a determinação que você demonstrou ter. Eu ofereci o livro àquele que veio antes de você, no entanto ele recusou. De todos os que já vieram a este mundo, você é o primeiro com quem consegui fazer uma aliança. Outros poderão vir, mas você foi o primeiro.

Pedro sentiu o medo crescer dentro de si. Tinha dificuldade para respirar. As coisas estavam saindo do controle. Tinha concordado em ler o livro, mas formar uma aliança com aquela criatura, fosse qual fosse o seu significado, não fazia parte do acordo.

– Conversaremos depois – Noturno disse. – Agora, leia.

Pedro desamarrou as tiras de veludo vermelho uma a uma. Sentia o poder terrível do livro chamando-o e virou a capa.

– Não leia em voz alta – Noturno disse, encaminhando-se às árvores –, pois qualquer ser vivo, humano, animal, inseto ou planta, que ouvir essas palavras também viverá para sempre.

A luz da lua pareceu se concentrar num único feixe sobre o livro, iluminando-lhe o conteúdo. Pedro fitou o satélite, em desespero. Até mesmo a lua tinha se voltado contra ele.

Pedro virou o rosto e levantou a capa o suficiente para dar

uma espiada. A foto do pai ainda estava lá. Ele a puxou e fechou o livro. Sentia uma força a empurrá-lo e ouvia uma voz que o incentivava a ler.

Desvirou a foto e a examinou sob o luar. Os olhos do pai pareciam fitá-lo, mas, fosse qual fosse a mensagem que eventualmente estivessem tentando transmitir, Pedro não a compreendeu. Sentiu que ia chorar e imediatamente enfiou a foto no bolso da camisa.

Talvez pudesse fugir, acordar Festa e encontrar o Menino Velho antes que Noturno os alcançasse. Talvez o Menino Velho conseguisse consertar tudo sem que ele tivesse de ler o livro. Porém, sabia que Noturno os alcançaria antes que chegassem à cachoeira.

Ele permaneceu em silêncio, incapaz de pensar em outra solução, consciente de que não havia solução alguma. Finalmente, ajeitou o livro sob o feixe de luz e o abriu.

As bordas das páginas se esfarelavam; quando Pedro as virou, pedacinhos de papel caíram na grama. Ele imaginou o que aconteceria se parasse de ler na metade. O feitiço agiria apenas por um certo tempo? Em vez de viver para sempre, viveria apenas cento e cinquenta anos? Sabia que essa especulação era inútil. Sabia que, após ler a primeira palavra, só poderia parar depois de ler a última.

E sabia também que bastava ler a primeira palavra. Quando chegou à segunda, já se tornara imortal. Ler o restante era apenas uma questão de ritual.

Desse momento em diante, Pedro viveria para sempre.

O vale amanheceu coberto por um tapete de neblina. O ar estava úmido e frio. Arquimedes tinha desaparecido. Pedro caminhou até o rio e lavou o rosto. Ajoelhado na água, percebeu como tinham se preparado mal para a jornada. Não tinham trazido nem roupas, nem comida, nem um mapa, se é que existia mapa. Ele lavou o rosto no rio, recolheu um pouco de água com as mãos em concha e a bebeu.

Durante a noite, o rio os havia seguido pelo vale. Ele rastejara por entre as lâminas de grama com seus dedos de água longos e estreitos, retorcendo-se pela terra e desaparecendo nas fissuras ressecadas. A terra bebera o rio até ficar cheia. Então, as rachaduras se fecharam, os dedos se uniram e a água formou um lago ao pé do penhasco, um lago que ficava cada vez mais fundo.

Pedro voltou ao local onde Festa dormia, aninhada no flanco de Treliça. Quando o menino surgiu, a égua olhou para cima. Ele notou que o animal inclinava a cabeça ligeiramente e o fitava com uma expressão estranha. Sentou-se ao lado de Treliça e afagou a sua cabeça. Ela esfregou o focinho na camisa do menino, no local onde estava o livro. Seus olhos se encheram de medo e ela recuou.

Pedro tentava decidir quando contar a Festa o que tinha acontecido, se é que deveria contar. Talvez devesse manter tudo em segredo, embora Noturno não tivesse dado qualquer ordem nesse sentido.

Treliça começou a se levantar, e Festa acordou.

– Estou com fome – ela disse. – Deveríamos ter trazido comida.

– Imagino que sim – Pedro respondeu.

– Você não está com fome?

Não estava, mas não podia explicar por quê. Quando uma pessoa é imortal, nada pode matá-la, o que significa que ela não morrerá se não comer. Ela emagrecerá. Poderá ficar doente, mas sobreviverá. Aqueles que leram o livro e foram amaldiçoados pensavam que a fome os libertaria, mas isso não aconteceu.

Aparentemente, nada havia ali para comer. Não havia frutas silvestres. Não havia cogumelos nos cantos úmidos, onde normalmente eles crescem. Festa pegou um talo grande de grama e se pôs a mastigá-lo para enganar a fome. Quem sabe haveria alguma coisa na trilha.

Treliça, que andara comendo a grama viçosa do acampamento, foi até o rio e bebeu água. Depois, colocou-se ao lado das crianças, pronta para transportá-las pelo vale.

– Até a égua é mais organizada do que nós dois – Festa disse, enquanto Treliça os conduzia por um carvalhal.

A trilha ficava cada vez mais estreita, e, a partir de certo ponto, Treliça teve de tomar cuidado com todos os passos para não escorregar e cair no rio. Montados no animal, Pedro e Festa conseguiam tocar os imensos livros que se erguiam à esquerda e desapareciam nas nuvens baixas que pairavam acima do vale. Não havia portas nem janelas nesses volumes, apenas rachaduras cobertas de líquen e musgo. O rio, apertado entre as paredes cada vez mais próximas, corria a uma velocidade crescente. O ruído da água abafava todos os outros sons, impedindo as crianças de conversar. Por isso, cada um se recolheu aos próprios pensamentos.

Ele tinha lido o livro há apenas algumas horas. A cada tranco de Treliça, pensava que o livro iria cair do esconderijo.

O livro o chamava, dizendo-lhe que ele havia se tornado mais uma página, presa para sempre entre as capas antigas. Cada página representava uma pessoa que tinha lido o livro? Ele começava com uma única página, a página do Menino Velho? Pedro queria pegar o livro e verificar se uma nova página fora mesmo acrescentada. A sua página.

Imaginou se a imortalidade teria mudado sua aparência. Dava para adivinhar que ele havia lido o livro?

Queria ter contado tudo a Festa assim que ela acordou, mas alguma coisa o impediu. O quê?

Vergonha?

Culpa?

Sentia-se de algum modo fracassado por ter lido o livro? De certo modo, era o oposto disso. Todos, especialmente Festa, ficaram arrasados quando ele chegou sem o livro. Por isso, queria dizer-lhe que estava tudo bem, que agora o livro estava ali. As coisas transcorriam conforme o planejado.

Exceto pelo fato de que ele não deveria ter lido nada.

Eles fizeram uma curva e à sua frente surgiu a cachoeira. O vale se alargou, erodido pelo rio infindável que saía da caverna escura no centro da montanha.

Aparentemente, não havia meio de chegar à caverna. A parede de rocha era lisa como vidro, não tinha saliências onde apoiar um pé. E agora, com a trilha destruída e a enchente do rio a apenas uma hora de distância, tudo parecia ter sido em vão.

Festa e Treliça se afogariam. Pedro não, pois agora era imortal. Ele supôs que, no final, a inundação elevaria a superfície do rio até a altura da caverna e ele poderia escapar. Mas, mesmo que conseguissem achar um tronco sobre o qual flutuar, Festa morreria de fome muito antes de a água subir o suficiente.

Pedro sentou-se encostado a uma árvore. O livro o chamava, exigia ser trazido à luz. Pedro desejou tê-lo amarrado de novo com as tiras de veludo. Ao menos assim conseguiria segurá-lo sem a tentação de ler suas páginas outra vez.

"Quando um imortal lê o livro novamente", ele pensou, "o que acontece?"

Ele o segurou através da camisa, correu os dedos pelas letras gravadas na lombada. Sabia que havia cometido um erro terrível, mas não tinha como voltar atrás. Queria se deitar na grama, dormir e esquecer tudo; porém, tinha feito uma escolha e não podia recuar.

Você é meu, o livro lhe disse. *Para sempre, para todo o sempre.*

– O que é isso? – Festa perguntou.

— O livro.

— O quê! Como...? Quero dizer...

— Noturno o trouxe para mim ontem à noite — Pedro respondeu.

— Você viu Noturno?

— Sim. Bem, não — Pedro disse. — Não vi o seu rosto. Ele estava usando uma capa com um capuz grande. Na verdade, não o vi.

— Mas ele disse que era Noturno?

— Sim.

— E trouxe o livro?

— Sim.

— Ele está tentando fazer você ler?

Pedro não respondeu. Tirou as mãos da camisa e abraçou os joelhos. E, embora achasse que controlava as lágrimas, começou a chorar, um choro silencioso provocado pelo imenso cansaço que sentia desde que lera o livro. Estaria ele ligado a todos os que leram o livro? Seria isso? A tristeza infinita de todos, somada à própria tristeza, resultava na dor terrível que lhe partia o coração?

Festa se aproximou e se ajoelhou ao lado dele. Colocando as mãos em seus ombros, ela perguntou:

— Você leu o livro, não leu?

Pedro assentiu com a cabeça.

– Por quê?

– Noturno me disse que esse era o preço a pagar por ele tê-lo trazido – ele respondeu. – Ele disse que, sem o livro, meu avô iria morrer. Então, eu o li.

– Eu tenho de lê-lo também – Festa disse.

– Eu sei – Pedro concordou –, ou então você morrerá afogada.

Enfiou a mão por baixo da camisa e pegou o livro, mas alguma coisa tinha acontecido. A capa não se abria. Pedro segurou o livro com firmeza e a puxou com força. As páginas pareciam coladas e não se abriam de jeito algum.

A princípio, Pedro não entendeu. O livro não estava chamando por ele alguns minutos antes?

– Não consigo abri-lo – ele disse.

– Me dê aqui – Festa pediu.

A água fez a última curva e continuou a se mover regularmente na direção deles, engolindo tudo pelo caminho. As árvores iam caindo à medida que recebiam o impacto dos troncos flutuantes. Treliça recuou para o terreno mais alto ao pé do penhasco, com um olhar desvairado e a respiração curta.

– Quanto tempo acha que temos? – Festa perguntou.

— Eu não sei. Meia hora?

— Estou com medo — Festa disse. — O sonho não era assim. O rio permanece no mesmo lugar, e o vale não tem fim.

— Talvez você tenha acordado antes — Pedro sugeriu.

— Pode ser — ela respondeu. — Dê-me o livro.

— Noturno explicou que qualquer coisa ou pessoa que escutar as palavras também viverá para sempre — Pedro disse. — Leia em voz alta, assim Treliça também se salvará.

Festa pegou o livro e conseguiu abri-lo com facilidade, como faria com um livro qualquer. Foi até a primeira página e começou a lê-la em voz alta.

— Todos os que lerem estas palavras deverão...

A princípio, nada aconteceu. Pedro não esperava que algo acontecesse, não com ele, ao menos. Quando *ele* leu o livro, estava tão apavorado que não percebeu qualquer alteração em si, qualquer alteração de ritmo. Agora, à medida que Festa lia, seu sangue começou a circular mais depressa, acelerando todo o seu corpo. Os batimentos cardíacos, a respiração, todos os movimentos que fazia dos pés à cabeça eram mais rápidos.

Tudo que se encontrava ao alcance da voz de Festa também mudava. As árvores que já tinham escutado o livro e estavam presas a um outono perpétuo deixaram cair as folhas amarelas. Os botões adormecidos se abriram com as folhas verdejantes da primavera.

Porém, a mudança mais impressionante acontecia no rio.

Durante um segundo, ele parou de correr e se transformou em gelo, com todas as gotas de água congeladas no ar. A cachoeira pendia da montanha como uma cortina de seda. A seguir, muito lentamente, o rio começou a se mover outra vez. À medida que Festa virava as páginas, ele ganhava velocidade. Quando ela terminou a leitura e fechou o livro, o rio já corria a toda velocidade.

Porém, corria na direção contrária.

O livro fora lido pela primeira vez exatamente no lugar onde Festa estava. Naquela época, não existia ali um vale escuro, mas um campo plano com uma pequena caverna em uma extremidade, por onde o rio entrava, desaparecendo sob as colinas verdes. A leitura do livro fizera o rio correr para trás. Com o tempo, ele erodiu o terreno e criou um imenso abismo, deixando a caverna no meio de um penhasco.

Agora ele voltara a correr na direção ditada pela natureza. Não caía mais pela caverna sobre o vale, mas subia o penhasco até a caverna. Aos poucos, o nível da água começou a baixar. As árvores, arrancadas pela inundação, também eram levadas montanha acima.

– Venha – Pedro gritou quando um carvalho grande passou flutuando por eles. – Suba.

As duas crianças se jogaram na árvore e seguraram firme, enquanto flutuavam na direção da boca escura da caverna. Pesado, o carvalho lutava contra a lei da gravidade. Várias vezes ele foi jogado para trás, mas, centímetro por centímetro, acabou escalando a montanha e levando Pedro e Festa para dentro da caverna.

– Cadê o livro? – Pedro gritou, tentando se fazer ouvir acima do rugido do rio.

– Eu deixei cair na água quando agarrei a árvore – Festa gritou de volta.

A árvore transportou-os por cerca de trinta metros pelo interior da montanha e então parou. As crianças saltaram os galhos e pularam para a margem do rio, composta de rochas planas.

Estavam a salvo e dentro da caverna.

E o livro não desapareceria tão facilmente. De alguma maneira, a agitação do rio fizera as tiras de veludo se enrolarem nele de novo e o jogara nas mesmas rochas onde Pedro e Festa foram parar. Pedro pegou-o. Estava quente. Esperava que ele estivesse ensopado, mas estava seco.

O mesmo não acontecia com as duas crianças. Encharcadas e tremendo de frio, elas se sentaram, exaustas.

Tanta coisa tinha acontecido desde que o cego os levara até a ilha que eles tinham a sensação de estar ali há semanas. Para Pedro, meses haviam se passado desde a última vez em que vira a mãe e o avô. O menino imaginou quando os encontraria de novo. A mão ferida chocara-se contra o rochedo na subida da cachoeira, e a dor o estava deixando zonzo.

Pedro tateou o bolso, mas sabia de antemão que tinha perdido a fotografia. Fora forçado a sacrificar o relógio para entrar no vale, e agora perdera a foto. As duas únicas lembranças do pai, lembranças que ficaram em seu poder por tão pouco tempo, estavam perdidas para sempre.

– Você está se sentindo bem? – Festa perguntou, vendo que ele empalidecera.

– Bati a mão – Pedro respondeu, incapaz de falar sobre a perda. – Acho que vou desmaiar...

Lá embaixo, no vale, o rio voltara ao nível normal. Logo, com a extremidade bloqueada, ele pararia de correr. A égua estava presa lá embaixo, mas, ao menos, ficaria a salvo.

O rio corria cada vez mais lento.

Festa sentou-se, encostada à parede da caverna, e abraçou Pedro. Ele sentiu que flutuava de volta ao estado de inconsciência. Era quase uma sensação agradável devanear nos braços da menina.

Os dois estavam ensopados, e o túnel escuro estava frio. O frio entorpeceu a mão do menino, deixando-a insensível à dor; sua tontura passou. O único calor que Pedro sentia vinha do abraço de Festa. Queria dormir, mas o frio era intenso demais e não lhe permitia relaxar.

Eles se levantaram e começaram a andar pela margem de pedra. Ao virar uma esquina, deram com Arquimedes sentado, esperando por eles. O gato miou um cumprimento e os guiou pela escuridão. Ele parava um pouco diante de cada bifurcação do caminho, conduzindo-os ao coração da montanha. Por fim, a rocha áspera se transformou em blocos de tamanho regular, mais livros, menores que os da enciclopédia, e também sem portas nem janelas. Os volumes formavam um arco estreito que levava a uma caverna espaçosa.

– Esse gato é esquisito – Festa disse. – Como é que chegou aqui? Nem molhado ele está.

– Eu não sei – Pedro respondeu. – Ele sempre foi assim. Simplesmente aparece sempre que precisamos dele.

O piso da caverna estava coberto por um lago pequeno, alimentado por cascatas estreitas que jorravam das fendas do teto. No meio do lago havia uma ilha cuja superfície era inteiramente coberta de livros encadernados em couro. Os livros não estavam dispostos em fileiras ou pilhas organizadas, e sim jogados de qualquer jeito num monte que ameaçava desabar na água. No entanto, esses livros traziam, afinal, sinais de serem habitados por humanos. Era como se as casas de uma aldeia tivessem sido empilhadas.

Na habitação mais alta dava para ver uma janela iluminada.

O teto da caverna estava coberto de nuvens formadas pela névoa produzida pelas cascatas. O lugar parecia uma réplica da biblioteca, um mundo dentro de um mundo dentro de um mundo.

Diante das crianças havia um barco amarrado a uma rocha. Arquimedes pulou no barco e as crianças o seguiram. Pedro soltou a corda, e Festa remou na direção da ilha. Eles prenderam o barco no pequeno ancoradouro e subiram dez degraus até uma passagem estreita e íngreme entre as velhas construções de arenito. O local parecia deserto.

Arquimedes correu na frente e parou diante de uma porta vermelha, no alto do caminho. Uma réstia de luz aparecia por baixo da porta. Pedro girou a maçaneta, e os três entraram.

No fundo da sala, sentada numa cadeira alta e entalhada, havia uma figura pequena e pálida. Ela tinha a aparência da imortalidade, era uma criança velha demais para ser criança, mas, ainda assim, uma criança.

Eles estavam diante do Menino Velho.

– Vocês devem estar gelados – ele disse. – Venham, sigam-me. Tenho comida, fogo e roupas.

Ele esticou as pernas para baixo até encostar na pilha de livros dispostos em forma de degrau. Desceu e dirigiu-se aos visitantes.

– Sejam bem-vindos – disse. – Estava esperando por vocês.

O Menino Velho levou Pedro e Festa a dois quartos pequenos, onde havia roupas secas. Embora estivessem exaustos, o fato de ter achado o que procuravam encheu-os de energia. Teriam muito tempo para dormir. Voltaram ao andar de baixo, onde encontraram comida, bebida e uma lareira acesa.

– Você mora sozinho? – Pedro perguntou enquanto comia.

– Eu e minha família viemos para cá há muitos anos – o Menino Velho disse, ignorando a pergunta.

– Por quê?

– Fomos banidos por causa do livro – ele respondeu. – Mas conversaremos mais tarde. Há coisas a fazer antes.

– Mas... – Pedro começou, porém o Menino Velho ergueu o braço.

– Chega. Você trouxe o livro, e, embora o tempo seja importante, só será realmente importante amanhã.

– Amanhã? – Pedro perguntou.

– Amanhã – o Menino Velho respondeu. – Esqueceu que dia é amanhã?

– Amanhã? Espere aí. Ei... é o meu aniversário.

– O meu também – Festa disse.

– Exatamente.

— É o aniversário do meu avô também — Pedro acrescentou.

— E o meu também — o Menino Velho disse. — Amanhã é o dia importante. Hoje vocês podem descansar.

— Mas eu tenho tantas perguntas! — o garoto falou.

— Elas vão ter de esperar — o Menino Velho retrucou. — Amanhã será um longo dia. Vocês devem dormir e descansar. Depois de amanhã, haverá tempo suficiente para todas as perguntas.

Obviamente, o Menino Velho não mudaria de ideia. Pedro e Festa estavam tão cansados que mais tarde nem se lembraram de ter saído da mesa. Dormiram o sono mais profundo de suas vidas.

Na manhã seguinte, o Menino Velho despertou-os bem cedo. Ali, dentro da casa dentro do mundo dentro do mundo dentro do mundo, uma caverna imensa e escura, era impossível saber a hora do dia. Não havia sol, nem lua, nem céu. A caverna era iluminada por um brilho azul suave que não tinha uma fonte, mas alcançava todos os cantos.

– Venham – o Menino Velho disse quando eles já estavam novamente sentados à mesa. – Este é o dia mais importante da história.

– Por quê? – Pedro perguntou.

– Não posso contar – o Menino Velho respondeu.

– Como assim, não pode nos contar? – Festa retrucou. –

Diz que é o dia mais importante, mas não explica por quê. Isso é ridículo.

– Você não pode ou não quer nos contar? – Pedro perguntou.

– Nenhuma das duas coisas – o Menino Velho respondeu. – O que eu quero dizer é que os dois segredos, ou duas respostas, como queiram, já são do seu conhecimento.

– Isso não é verdade – Festa disse. – Mas, se for, por que não pode nos lembrar?

– Eles não são do *seu* conhecimento. Só Pedro sabe o primeiro segredo.

– Não estou entendendo nada – Pedro disse.

– Você já descobriu – o Menino Velho explicou –, mas estava distraído demais para enxergar. Mas você viu. Você sabe. Só precisa voltar e enxergar.

– Voltar? Voltar para onde?

– Para o vale? – Festa perguntou.

– Não – o Menino Velho explicou. – Voltar na memória.

– Para que ponto?

– Para a subida do rio – ele continuou. – Para o livro. Festa abre o livro e começa a lê-lo. Volte para esse momento.

– Mas...

— Feche os olhos – o Menino Velho ordenou. – Você está em pé, na grama.

— Sim, o rio está vindo em nossa direção.

— Esqueça o rio.

— Ela lê o livro.

— E aí? – o Menino Velho disse, ansioso.

— As folhas...

— Esqueça as folhas.

— O rio muda de curso.

— Eu disse para esquecer o rio. Pare de olhar para fora. Olhe para dentro de si. Ela está lendo o livro. Feche os olhos, não apenas aqui, mas nas suas lembranças. O que está acontecendo?

— Meu coração está batendo mais depressa – Pedro respondeu.

— E então?

— É como se eu estivesse correndo.

— Não. Olhe de novo.

— Meu coração está batendo mais depressa.

— Mais depressa que o quê?

— Mais depressa do que batia antes.

— Quando?

— Não estou entendendo.

Pedro sentia-se confuso. Buscou a ajuda de Festa com os olhos, porém ela encolheu os ombros e olhou para o Menino Velho como se ele fosse maluco.

– Do que você está falando? – Festa perguntou.

– Vamos lá, Pedro – o Menino Velho disse. – Concentre-se, examine com cuidado. Seu coração está batendo mais depressa do que quando?

– Mais depressa do que antes.

– Antes do quê?

– Antes de ela começar a ler o livro.

– Qual é a sensação?

– A mesma de sempre – Pedro respondeu. – Não, não, a mesma de antes.

– De quando?

– A mesma de antes.

– Antes do quê?

– Antes de eu ler o livro.

– ISSO! – o Menino Velho exclamou.

Pedro levou alguns minutos para entender o significado de tudo aquilo. E era tão simples que o descartou na primeira vez que o percebeu.

– Não pode ser tão simples – ele disse.

– Mas é – o Menino Velho respondeu. – Em geral, as

coisas mais importantes são as mais simples. Por causa de sua simplicidade, as pessoas passam por cima delas.

– Basta ler o livro de novo para deixar de ser imortal? – Pedro perguntou.

– Sim.

– Mas é claro que alguém já deve ter feito isso.

– Não – o Menino Velho respondeu. – Você se lembra de como o livro tentou se livrar de você, lembra-se de que não conseguiu abri-lo?

– É claro!

– O livro se protege, mas não é perfeito. Como você ouviu Festa ler o livro, não é mais imortal, então, agora, pode abri-lo e lê-lo novamente. Festa não conseguirá fazê-lo, pois é imortal.

– E se ela me ouvir lendo o livro – Pedro concluiu –, o feitiço é revertido.

– Exatamente. Aí ela conseguirá abrir o livro, e você, não.

– E não há limites?

– A resposta é não – o Menino Velho respondeu. – O número ímpar o torna imortal; o número par, mortal. Mas a resposta também é sim, e esse é o segundo segredo, um segredo mais difícil de perceber. Trata-se de algo quase insignificante, porém muito mais importante do que o primeiro segredo.

– O que é? – Festa perguntou.

— Eu não posso responder — o Menino Velho disse. — Mas ele também está em sua memória. Na memória dos dois. Volte no tempo.

— Está bem — Festa disse. — Estou sentada na grama. Abro o livro e começo a lê-lo. O barulho da cachoeira...

— Esqueça a cachoeira — o Menino Velho disse. — Esqueça o rio, esqueça as árvores. Você está no interior de uma bolha, só você e o livro. Examine bem de perto.

— Estou lendo — Festa continuou. — Termino a primeira página.

— E então?

— Eu a viro.

— Sim. E daí?

— Começo a ler de novo.

— Não, não, antes disso. Procure os detalhes.

— Minha mão está cheia de pedacinhos de papel.

— De onde eles vêm?

— Do livro. Ele parece muito, muito velho. As páginas estão se esfarelando. Parei aqui.

— Exatamente!

— Isso também aconteceu comigo — Pedro comentou.

— Está dizendo que o livro está se desmanchando? — Festa perguntou.

– Sim e não – o Menino Velho respondeu. – O próprio livro é afetado pela leitura. Enquanto está fechado, ele não muda. Não se desmancha, não envelhece, mesmo que ninguém o leia por centenas de anos. Mas, a cada vez que é lido, ele morre um pouquinho.

– Então, se ele for lido por cem pessoas, vai virar um monte de pó?

– Ou se for lido cem vezes pela mesma pessoa – o Menino Velho explicou.

– Por isso eu vim parar aqui, não é? Para ler o livro cem vezes – Pedro disse.

– Sim, e por isso você tem uma Zeladora, para se revezarem na leitura. Mas ele deve ser lido mil vezes e não apenas cem. E é preciso lê-lo no dia do seu aniversário, pois o livro fala de nascimento e renascimento, e todos somos mais fortes no dia do aniversário, fortes o bastante para controlar o livro, pois, perto da última leitura, ele começa a lutar, como se luta quando a vida está em perigo.

– Nós fomos os primeiros a chegar à caverna? – Festa perguntou.

– Quase – o Menino Velho respondeu. – Uma única pessoa veio antes.

– Claro – Pedro disse. – Você foi o primeiro.

– Não, não, eu não conto – o Menino Velho disse. – Estou aqui há muito tempo. Meus antepassados nasceram aqui. E nunca foram a lugar algum.

– Toda a sua família mora aqui? – Festa perguntou, lembrando-se da própria família e do fato de que provavelmente não a veria novamente.

– Não, todos se foram, estão mortos – o Menino Velho respondeu.

– E o livro? – Pedro perguntou.

– Quando eu tinha onze anos, achei o livro atrás do guarda-louça, onde minha mãe o tinha escondido – o Menino Velho respondeu. – Levei-o para o quarto e o li. Quando minha mãe descobriu, ficou furiosa. Ela me contou sobre o poder terrível que ele tinha e disse que eu seria amaldiçoado para sempre. Ela jamais se perdoou por ter deixado o livro ao meu alcance e, alguns meses depois, partiu para o seu mundo, com o objetivo de encontrar o lugar mais remoto para escondê-lo. O livro permaneceu sumido por seiscentos anos. E, como vocês sabem, não existe caminho de volta.

– Mas de onde o livro surgiu pela primeira vez? – Festa perguntou.

– Minha mãe disse que meu pai apareceu com ele um dia, pouco antes de eu nascer – o Menino Velho explicou. –

Ele nunca contou a ela se o tinha achado, comprado ou, quem sabe, escrito. Pouco depois, meu pai desapareceu e minha mãe nunca mais falou dele.

– Como a minha mãe – Pedro disse.

– Não sei se ele está vivo ou morto – o Menino Velho disse. – Bem, mas quando eu disse que vocês não foram os primeiros a chegar, eu estava falando de outra pessoa.

– De quem? – Pedro perguntou.

– De mim – uma voz respondeu.

Um homem entrou na sala. A iluminação era fraca, no entanto, mesmo que não houvesse luz, Pedro teria reconhecido o pai. A foto ganhara vida. Ali estava até a faixa de pele branca no lugar em que ele usava o relógio. Pedro olhou o pai nos olhos, mas, antes que pudesse decifrá-los, ficou constrangido e desviou o olhar.

O menino e o homem ficaram frente a frente, incapazes de proferir uma palavra. Só conseguiam pensar em coisas inadequadas ou banais. Havia muito a dizer, mas os dois estavam mudos. Era a primeira vez que pai e filho se encontravam. Eram tão ligados quanto dois seres humanos podiam ser, porém, ainda assim, sentiam-se totalmente estranhos. Os dois queriam correr e se abraçar, como fazem pais e filhos, mas estranhos não se comportam assim.

Após menos de um minuto, que pareceu uma hora, o homem se precipitou e abraçou o filho.

Pedro sentiu as lágrimas aflorarem e correrem em silêncio por seu rosto, molhando a camisa do pai, que também chorava. Nenhum dos dois sabia o que dizer, mas perceberam que isso não tinha importância. Teriam o resto da vida para conversar. Pedro afastou o pensamento de que o pai poderia ter outra mulher e uma filha. Encontrara o pai e sabia que, dali em diante, sempre haveria uma solução para os problemas. O enorme peso que carregara a vida toda sem sequer perceber havia evaporado. Agora tinha uma família completa. Só faltava juntar todo mundo no mesmo lugar.

– Você é exatamente como eu imaginei – o pai de Pedro disse.

– Sabia que eu estava a caminho? – Pedro perguntou, fitando-o.

– Quando o rio reverteu seu curso, sabíamos que alguém estava vindo – ele respondeu. – Mas não que era você. Eu nem sabia se você era um menino ou uma menina. Ninguém apareceu aqui depois de mim.

– Minha mãe acha que você fugiu – Pedro disse.

– Penso nisso desde o dia em que cheguei aqui. Já gastei

muita sola de sapato vasculhando os corredores em busca de uma passagem de volta.

Pedro estava emocionado demais para fazer qualquer comentário.

– Fui ao alto da cachoeira milhares de vezes pensando em me atirar, tentar voltar à praia e, quem sabe, nadar até o continente – o pai continuou. – Mas eu sabia que lá também não havia caminho de volta.

Festa aproximou-se e acabou sendo incluída no abraço.

– Você deve ser a Zeladora de Pedro – o pai do menino disse.

– Sim – Festa respondeu. – Onde está a sua?

– Bem, ela não era tão devotada quanto você. Ficou com medo de vir à ilha. Ela tentou me convencer de que não encontraríamos nada de útil por aqui, mas eu sabia que estava errada. Nebulus me trouxe à noite, enquanto ela dormia.

– Eu também estava com medo – Festa disse.

– Venha – o Menino Velho chamou Pedro. – Vocês terão muito tempo para conversar. Está na hora de começar as mil leituras. Duzentos anos atrás, eu preparei um lugar especialmente para isso. Ele tem apenas uma entrada minúscula e não produz eco. Nenhum outro ser vivo poderá ouvi-los. Você e Festa devem entrar lá sozinhos e só sair quando tiverem terminado a milésima leitura. O livro se transformará em pó e a maldição terá fim.

– Eu acho que não – Pedro disse. – Se os números ímpares trazem a imortalidade e os pares a mortalidade, quando eu terminar a última leitura estarei normal, mas Festa será imortal, porque ela vem depois de mim.

– Não – o Menino Velho explicou. – Depois da milésima leitura, o livro e a maldição morrem. Todos os que já o leram voltarão a envelhecer do ponto em que pararam.

– Mesmo que não me escutem? – Pedro perguntou.

– Sim – o Menino Velho respondeu. – Todos, menos eu. Só eu viverei para sempre.

– Por quê?

– Quando minha mãe achou o livro e disse que eu seria amaldiçoado para sempre – o Menino Velho disse –, pensei que ela não soubesse que bastava ler o livro de novo para reverter a maldição, mas eu estava enganado. Já ouvi o texto do livro muitas vezes ao longo dos séculos, e permaneci do mesmo jeito. Só posso concluir que meu pai não apenas achou o livro, mas que ele o criou, e que, por isso, minha família foi amaldiçoada.

– Então não há solução para você? – Festa perguntou.

– Não que eu saiba – o Menino Velho respondeu. – Vocês

têm a mesma idade que eu tinha quando li o livro. Têm de terminar a milésima leitura antes da meia-noite do dia do seu aniversário, ou a maldição jamais será anulada.

— Pode ser que apareça mais alguém — Pedro sugeriu.

— Não, você viu o vale, viu como a trilha se desintegrou. Nada daquilo pode ser revertido. A terra esfria e envelhece. É agora ou nunca — o Menino Velho sentenciou.

— Mostre-nos o lugar, então — Pedro disse, afastando-se do pai e pegando Festa pela mão.

— Tenham cuidado — o pai de Pedro disse. — Não quero perdê-lo outra vez.

O Menino Velho conduziu-os por túneis escuros escavados na rocha pelo rio e pelo trabalho duro de seus ancestrais. Ele levava apenas uma vela trêmula, por isso as duas crianças não conseguiam memorizar o caminho. Entraram numa passagem muito estreita e em declive acentuado. No final dela, o Menino Velho afastou uma pedra e apontou para dentro.

— Peguem a vela — ele disse. — Ela vai queimar exatamente até a meia-noite e depois se extinguirá. Aí eu voltarei.

As crianças subiram uma escada tão estreita que os obrigava a ir de lado. No alto havia uma caverna minúscula e abafada. No chão, tapetes, almofadas e uma jarra de água.

— É melhor começarmos logo — Pedro disse, abrindo o livro.

Começaram a ler sem parar, primeiro ele, depois Festa, até entrarem em transe. A vela contava o tempo. Pedro leu as páginas 499 vezes, alternando-se com Festa, que fez outras 499 leituras.

As bordas das páginas se esfarelavam. Enquanto um lia, o outro empurrava o pó para o alto da escada e o assoprava. Pedro temia que o pó acumulado lá embaixo encontrasse um jeito de se reagrupar em forma de livro.

Aos poucos, o centro das letras desaparecia, primeiro dos *e, a, r, b, d* e *p* minúsculos. Depois, o centro dos *o*, seguidos pelos centros das letras maiúsculas. A cada leitura, era mais difícil entender o texto. Algumas páginas se tornaram frágeis como teias de aranha; a tinta impressa era a única coisa que as mantinha em pé.

À medida que liam, Pedro percebeu que precisava olhar para as páginas cada vez menos. As palavras saltavam à frente dele, depois as frases, depois páginas inteiras. A certa altura, tinha decorado tudo, e ajudava Festa quando ela se perdia.

Havia um poder no livro que tentava combatê-los. A cada leitura, apesar de meio desintegradas, as páginas se tornavam mais resistentes, até que foi preciso a força das duas crianças para virá-las. Pedro sabia que o livro estava tentando atrasá--los, de modo que não conseguissem concluir a tarefa antes da meia-noite. Embora não houvesse sinal algum, Pedro podia sentir a presença ameaçadora de Noturno.

Quando criou o livro, Noturno – e agora Pedro sabia sem sombra de dúvida que Noturno o criara – colocou um pedaço da própria alma entre suas páginas, uma alma poderosa e maligna, que não desistiria facilmente.

O teto da caverna começou a desmoronar, como a trilha que os conduzira ao vale, só que ao contrário: primeiro uma poeira fina, depois cascalho e, por último, seixos grandes o bastante para machucá-los.

– É melhor nos escondermos debaixo do tapete – Festa sugeriu, e, por um tempo, aquilo bastou para protegê-los.

Deixem-me em paz, o livro disse na mente das duas crianças. *Caso contrário, irei esmagá-los.*

Os seixos transformaram-se em pedras. Pedro e Festa protegeram a cabeça com as almofadas. Os dois se abraçaram e permaneceram o mais próximos possível, na tentativa de virar um alvo menor. Porém, a cada leitura o livro perdia um pouco de seu poder, e cada vez menos pedras foram caindo. Em dado momento, ouviu-se um estrondo seguido de um silêncio. A jarra de água e os copos tinham sido estilhaçados.

O livro soltou um suspiro, um longo suspiro de cansaço que produziu nas crianças um terrível sentimento de desolação.

O ar tornou-se mais quente e pesado. A ausência de oxigênio tornava as crianças sonolentas, por isso, elas tinham de se sacudir e se beliscar para permanecer despertas.

A chama da vela tremulou.

Pedro leu a última página pela última vez, mal encarava o esqueleto frágil que tinha nas mãos.

A chama tremulou de novo e se tornou fraca.

Um bafo de morte parecia sair do livro. Pedro farejou Noturno e protegeu a vela com as mãos, mas sentiu o bafo subir por seus dedos. Ele deu uma volta na chama minúscula e a apagou.

O ambiente ficou negro como a noite.

Festa ainda tinha de fazer a última leitura, a leitura que destruiria o livro para sempre.

— Falhamos — ela disse e começou a chorar. — Estávamos tão perto!

— Não falhamos, Festa — Pedro disse, apalpando-a no escuro. — Repita tudo que eu disser.

Assim, abraçados, Pedro disse o texto do livro e Festa o repetiu.

Quando ela pronunciou a última palavra, o que restava do livro virou pó. O pó escorreu pelos dedos da menina e foi levado por um golpe de vento.

Estava terminado.

Estavam livres.

Todos estavam livres.

A maldição da imortalidade tinha sido suspensa, não apenas para Pedro e Festa, como também para todos os que um dia leram o livro. Daquele momento em diante, eles voltariam a envelhecer, retomando o rio da vida do ponto em que o abandonaram. Agora haveria apenas dois imortais, Noturno e o Menino Velho.

Na sala escura do museu em que Pedro vira o livro pela primeira vez, no final de um corredor, Betina sentiu o sangue voltar a circular. Recobrando as forças, ela conseguiu remover todos os tijolos que escondiam Bernardo. Ela correu até o filho e o abraçou no momento em que ele era transportado para o sono pacífico que haviam lhe roubado muitos anos antes. As lágrimas que a velha não pudera verter antes rolavam agora por suas faces e molharam a cabeça do filho. Ele se foi. Não eram lágrimas de tristeza, mas de alívio, lágrimas de agradecimento a Pedro e a Festa por eles finalmente os terem libertado. Agora que o filho estava em paz, ela também poderia descansar. Logo se juntaria a ele.

Na ilha do Menino Velho, o pai de Pedro também sentiu o sangue voltar a circular. Tinha sido imortal por apenas dez anos, tempo insuficiente para sofrer consequências graves. Ao contrário do filho, ele fora incapaz de resistir aos apelos do livro, e o lera sentado na mesma cadeira em que Pedro se sentara na sala do gato mumificado. Quando terminou de ler a última frase, o livro foi arrancado de suas mãos e ele foi lançado através da parede, sozinho. Tinha perdido todos aqueles anos com Pedro, mas agora estavam juntos e iriam tirar o atraso.

E, quem sabe, conseguissem encontrar a passagem de volta.

Pedro pensou a mesma coisa, pois, assim que o Menino Velho os levou de volta da caverna, ele perguntou:

– Como voltamos?

– Eu não sei – o pai respondeu.

– Deve haver um jeito – Festa disse. – Noturno voltou e pegou o livro.

Embora Festa estivesse no próprio mundo, também estava presa. Desde o momento em que Nebulus deixou-os na ilha, a menina se preocupava com a volta, porém tinha colocado a preocupação de lado. Era uma Zeladora, e Pedro era o foco de sua atenção. Ela sentia que o fato de ele ter chegado sem o livro era, de alguma forma, culpa sua, ainda que isso não fosse verdade. Sua principal preocupação até o momento tinha sido fazer a coisa certa.

Agora tudo estava certo. O livro tinha sido destruído, e

era hora de ir embora. Afinal, ela se deu conta de que estava tão presa quanto Pedro e o pai dele, embora estivesse em seu próprio mundo.

– Temos de continuar procurando – Pedro disse. – Temos de voltar o mais rápido possível.

– Não é assim tão fácil – o pai interveio.

– Temos de voltar para ajudar o vovô – Pedro explicou.

– Sim, imagino que ele já esteja pronto para se aposentar.

– Não, ele está doente, e Betina disse que ele ficaria curado se eu trouxesse o livro para o Menino Velho.

– Está falando do Eisenmenger? – o pai perguntou. – Ela disse como?

– Eu não sei – Pedro respondeu. – Ela disse que, se eu trouxesse o livro para o Menino Velho... – Pedro tentou se lembrar das palavras exatas. – Ela disse que todos os problemas seriam resolvidos.

– Passei quase dez anos nestas cavernas – o pai disse. – Elas não acabam nunca. Sempre aparece uma esquina a mais, que conduz a mais três túneis. Em dez anos, jamais consegui chegar ao fim de um único túnel.

– Nada dura para sempre – o Menino Velho disse.

– O círculo dura – Festa disse. – Talvez todos os túneis se encontrem em algum ponto.

— Bem, pode ser – o pai de Pedro concordou –, mas nunca andei pelo mesmo túnel duas vezes.

— Como sabe? – o garoto perguntou.

— Levo isto comigo – ele disse, mostrando um pedaço de giz – e faço marcas pelo caminho.

— E um mapa? – Festa perguntou. – Não fez um mapa?

— É muito difícil – o pai de Pedro respondeu. – Perde-se o senso de direção em um minuto.

— Muito bem – Pedro disse. – O que sugere, então?

— Que continuemos as buscas, eu acho – o pai respondeu. – O que mais podemos fazer?

Eles pegaram um pedaço de papel para escrever todas as opções de que dispunham, mas logo ficou claro que, por menor que fosse o papel, ainda assim sobraria um monte de espaço em branco.

Eles não tinham opções. Tinham de continuar vasculhando as cavernas ou permanecer ali até a morte. Decidiram que, na manhã seguinte, todos sairiam em direções diferentes para procurar a saída.

No início da manhã, quando todas as coisas dormiam, uma figura encapuzada entrou no quarto de Pedro. Ela colocou uma mão sobre a boca do menino e o sacudiu delicadamente com a outra. Era Noturno. Seu cheiro adocicado e nauseante, que infestara a floresta, agora empesteava o quarto, tornando a respiração difícil.

– Venha comigo – ele disse. – Precisamos conversar.

– Por quê? – Pedro perguntou. – Eu fiz o que você mandou. Li o livro.

– Temos negócios inacabados – Noturno respondeu. – Venha.

– Não, não vou – Pedro disse.

Noturno tirou Pedro da cama. Ainda tapando-lhe a boca com uma das mãos, arrastou-o até o ancoradouro e o colocou dentro do pequeno barco que os trouxera dos túneis.

– Nem pense em fugir nadando – Noturno advertiu-o. – Tenho a eternidade para caçá-lo.

Ele remou para a outra margem do lago. Pedro desceu do barco. Noturno retirou o tampão do assoalho da embarcação e ela afundou nas águas escuras. Pedro observou os contornos brancos do barco desaparecerem.

– Por que fez isso?

– Não precisamos mais dele – Noturno respondeu.

– E os outros?

– Não precisamos deles também.

Ele agarrou o braço de Pedro e o arrastou para um túnel, antes que o menino pudesse gritar. O túnel descia em uma longa espiral, em sentido horário, e terminava em uma caverna. Pedro calculou que eles estavam bem embaixo do lago. Acima de sua cabeça, a água pingava regularmente pelas rachaduras do teto, formando estalactites compridas.

Noturno enfiou a mão no manto e tirou de lá um livro em branco e uma caneta.

– Muito bem – ele disse –, escreva tudo e eu lhe mostrarei como voltar para casa.

— Escrever o quê? — Pedro perguntou.

— Não me venha com gracinhas, menino — Noturno respondeu, ríspido. — O livro, é claro, o livro. Achou que seria assim fácil? Leia o livro mil vezes e todo mundo estará livre? Acho que não. Ah, sim, leia o livro mil vezes, e, a cada vez, memorize-o um pouco mais, até sabê-lo de cor. Acha que o livro está morto, não é? Não dentro da sua cabeça. Você é o livro.

— Não vou escrever — Pedro disse.

— Ah, vai sim, ou jamais verá sua mãe e seu avô novamente.

— Vou achar um jeito de sair daqui — Pedro respondeu.

— Talvez — Noturno disse —, mas quanto tempo vai levar? Seu avô já terá morrido quando você conseguir. Talvez a sua mãe também, de tristeza.

— Não.

— Oh, sim. Mas, se ela não morrer de tristeza, terá de abandonar o museu. Ou você acha que ela conseguiria viver no lugar que lhe tirou o marido e o filho?

— Vou descobrir um jeito — Pedro insistiu, mas já sentindo o pânico começar a dominá-lo.

— Você estará velho quando conseguir sair daqui — Noturno zombou. — Que retorno triunfal! Um velho gagá. Seu pai, morto nas cavernas; Festa, uma velha; e você, louco como um cachorro com raiva.

– Não vou escrever – Pedro insistiu.

Vendo que as ameaças não funcionavam, Noturno tentou uma abordagem diferente.

– Escute, que mal há em trazer o livro de volta? Você não precisará lê-lo. Ninguém precisará. E você pode escrever uma página extra no início, com um aviso.

– Você sabe muito bem que isso não é verdade – Pedro retrucou. – Sabe que é impossível não ler o livro depois que ele é aberto.

– Vou deixá-lo a sós – Noturno disse. – Vou lhe dar tempo para refletir, para voltar à razão.

Enquanto ele se afastava, Pedro disse:

– Você terá de viver para sempre, não é? Ler o livro pela segunda vez não o libertou, não é?

Noturno parou e se virou.

– Não, não me libertou. Sou imortal, como meu filho.

– Seu filho?

– Sim.

– O Menino Velho é seu filho? – Pedro perguntou.

– Sim – Noturno respondeu. – Por minha culpa, ele foi amaldiçoado.

– Ele acha que você está morto – Pedro disse.

– Não é irônico? Morrer é tudo que não me pode acontecer.

– Se você se sente sozinho, por que não vai procurá-lo?

– Não conseguiria encará-lo – Noturno respondeu. – Acha que eu sou o diabo, não é? Mas tenho vergonha de encarar meu próprio filho. Afinal, foi por minha culpa que ele se tornou imortal. Quando ele nasceu, criei o livro para que tivéssemos mais tempo juntos, mais cem anos ou algo assim. Eu não sabia que ele ganharia força e passaria a gerar imortais.

– Então, por que me pediu para escrevê-lo de novo? Não é melhor que ele permaneça como está, destruído?

– Em um milhão de anos, ou dois milhões de anos, não importa, a humanidade terá se extinguido – Noturno disse. – Meu filho e eu ficaremos sozinhos por toda a eternidade. Você consegue imaginar como seria isso? É claro que não. Eu mesmo não consigo imaginar direito.

Pedro queria dizer: "Bem, pelo menos vocês terão bastante tempo para se conhecer". Mas não o fez.

– Com o livro – Noturno continuou –, poderemos ter mais gente em volta, outros imortais.

– Não posso fazer isso – Pedro insistiu.

– Você o fará – Noturno disse, virando-se e dirigindo-se a um túnel na extremidade oposta da caverna. – Você o fará.

– Se você criou o livro – o menino gritou –, por que não o reescreve?

Noturno parou, de costas para Pedro, mas nada disse.

– Eu perguntei...

– Eu ouvi – Noturno o atalhou.

– E então?

– Isso foi há muito tempo – Noturno respondeu, com tranquilidade. – Está guardado em um canto distante da minha memória.

– Você não se lembra!

Sem mais uma palavra, Noturno desceu pelo túnel, deixando Pedro sozinho.

Em uma pedra plana à sua frente jaziam um livro em branco, uma caneta e uma lamparina.

E se ele escrevesse errado? E se mudasse uma palavra aqui e outra ali, de modo que parecesse certo, mas fosse ligeiramente diferente? Será que a maldição funcionaria ainda assim?

Provavelmente, não.

Porém, era quase certo que Noturno testasse sua eficácia, obrigando Pedro a lê-lo antes de mostrar a passagem de volta. E então descobriria que ele o enganara. Naturalmente, Pedro poderia fingir que o engano fora acidental, mas aí teria de consertá-lo. Ao menos assim ganharia algum tempo.

Isso não funcionaria. Aparentemente, Noturno era capaz de ler os pensamentos do menino e saberia que não tinha sido um acidente. Pedro imaginou que a vingança de Noturno não seria nada doce.

– *Você pode ser Deus* – o livro disse dentro de sua mente.
– *Traga-me de volta e você será o Deus da criação. Todos se curvarão a você.*

A voz fez uma pausa e, em seguida, acrescentou:
– *Até mesmo Noturno.*

Até mesmo Noturno! Seria possível? Pedro sentiu o coração se agitar como um pássaro engaiolado. Se aquilo fosse verdade, poderia ler o livro sem medo. Ele teria o poder e decidiria o que iria acontecer. Lá no fundo, algo lhe dizia que o livro estava mentindo. Fosse como fosse, Noturno sempre seria mais poderoso. Ele tentou impedir que aquele pensamento se formasse, para que o livro não pudesse captá-lo.

Se ao menos conseguisse esquecer o livro... mas isso era impossível! Sabia disso. Sabia que, se chegasse aos cem anos, se perdesse todas as outras lembranças e terminasse babando a sopa na camisa como um bebê, todas as palavras do livro ainda queimariam em seu cérebro, até o último suspiro.

Noturno também sabia disso.

– *Escreva-me* – o livro disse. – *Traga-me de volta à vida.*

Talvez Pedro pudesse fazer um acordo com Noturno, persuadi-lo a mostrar a passagem de volta com a condição de que escrevesse o livro imediatamente depois. Talvez, se escrevesse metade, Noturno concordasse. Havia o risco de que não conseguisse parar de escrever, uma vez que começasse, como acontecia na leitura, mas valia a pena tentar.

Pedro sentou-se e começou a escrever. O livro tinha apenas cinquenta páginas. Ele decidiu que escreveria exatamente metade, e depois pararia. Enquanto escrevia, sentiu que o livro começava a dominá-lo. Escreveu dez páginas e parou. Levantou-se e andou pela caverna, mas o livro o chamava.

– *Mais. Preciso voltar a respirar.*

Pedro escreveu mais dez páginas e achou quase impossível parar. Afastou-se do livro e o fitou. As páginas pareciam vivas. Os cantos, virados para cima, pareciam dedos a acenar para ele.

Escreveu mais uma página e parou. Depois, mais outra.

Ele sabia que, se passasse da metade, não conseguiria mais parar.

O menino escreveu vinte e quatro páginas e esmagou a caneta contra a pedra. Agora, não importava quanto o livro o chamasse, estaria seguro.

– *Escreva com sangue* – a voz lhe disse. – *Corte o dedo com a ponta quebrada e escreva-me.*

– NÃO! – Pedro gritou.

Ele fechou o livro, agarrou a lamparina e correu para o túnel.

Então, parou. A água parecia escorrer do teto com mais rapidez. Se conseguisse fazê-la escorrer totalmente, ao menos o lago subterrâneo secaria, e ele conseguiria chegar à ilha. Tinha de contar aos outros o que estava acontecendo.

Pedro não notara antes, mas havia finas colunas de pedra entre o chão e o teto. Um dia elas tinham sido estalactites, porém cresceram até o chão e, com a erosão do teto, faziam agora o papel de pilares. Em alguns pontos, tinham no máximo a espessura do pulso de Pedro e formavam uma rede de pilares frágeis que sustentava todo o teto da caverna.

Se conseguisse quebrar uma delas, Pedro tinha certeza de que as outras desmoronariam como uma fileira de dominós. O túnel pelo qual Noturno o trouxera subia até o lago. O túnel por onde Noturno saíra afundava no solo. Se Pedro conseguisse destruir o teto, a água correria atrás de Noturno, e quem sabe o afogaria.

Ele pegou a maior pedra que encontrou, postou-se na entrada do túnel por onde fugiria e a jogou na coluna mais próxima.

Nada.

Tentou de novo.

Nada.

Tentou de novo.

Não aconteceu nada que ele pudesse notar, mas o terceiro arremesso produziu uma rachadura fina, mais fina que um fio de cabelo humano.

Tentou de novo.

Dessa vez ele viu a fissura.

Depois disso, a cada arremesso ele corria para o túnel, voltando cuidadosamente para verificar o estrago. Definitivamente, a rachadura estava aumentando. Já conseguia enfiar a unha nela. A cada pancada na coluna, a rachadura aumentava um pouco mais.

Do outro lado da caverna, uma luz subia pelo túnel. Noturno estava voltando.

Pedro pegou a pedra e, juntando todas as forças, arremessou-a contra a coluna e saiu correndo. A coluna desabou, junto com uma rocha imensa. Noturno apareceu na boca do túnel, mas era tarde demais. Uma a uma, as colunas desabaram. Rochas e água vieram atrás. No meio da caverna, as vinte e quatro páginas do livro foram desmembradas pela correnteza, que seguia na direção de Noturno. Ele se virou e saiu correndo, mas o único caminho à sua disposição era o mesmo por onde a torrente seguia. O barco caiu pelo buraco aberto no teto e desapareceu no túnel.

Pedro subiu para o lago quando o resto da água despencou. As cascatas ainda estavam lá, mas o buraco no fundo do lago se encarregava de escoá-las. A enxurrada carregava Noturno cada vez mais para o fundo, para o coração da Terra. Ele conseguiu agarrar o barco e subir nele. O túnel terminava em um mar subterrâneo imenso, que circundava o centro da Terra. Ficava tão próximo do núcleo do planeta que a água quase fervia. Lentamente, o barco começou a afundar. As últimas rochas a cair vedavam o caminho de volta.

Noturno podia ser imortal, mas ainda sentia dor e, para escapar da água fervente, enfiou o polegar no lugar de onde retirara o tampão. Com a mão livre, pegou uma faca e cortou o dedo. Não havia ninguém para ouvir seus gritos.

Ele podia ser imortal, porém a dor era insuportável. Como seu sangue parara de circular, ele não podia sequer sangrar até a morte. Retirado do corpo, o dedo voltou a ser mortal, e em algumas semanas ficou cozido e se desintegrou. Mas ele tinha outro polegar para substituir o primeiro, mais oito dedos nas mãos e dez nos pés. Assim, dispunha de tempo suficiente para procurar um lugar onde desembarcar, alguma prainha de rochas escaldantes onde passaria o resto da eternidade.

Ele podia ser imortal, mas não havia saída no inferno.

Pedro subiu ao lago vazio e voltou à ilha, onde todos ainda dormiam a sono solto. Acordou um por um. Quando todos estavam reunidos, ele lhes contou o que tinha acontecido.

– Noturno é meu pai? – o Menino Velho perguntou.

– Sim – Pedro respondeu.

– Não pode ser. Meu pai morreu – o Menino Velho retrucou. – Noturno deve estar mentindo.

– Eu acho que não – Pedro disse.

– Mas ele é do mal. Não pode ser.

– Eu sinto muito – Pedro disse. – Pensei que você fosse gostar de saber que seu pai ainda está vivo.

– Sim, mas não ele.

– Tem mais – Pedro continuou.

– Minha mãe também está viva?

Como Viver para Sempre • 221

— Não, eu achei a passagem de volta.

— Tem certeza? – o pai perguntou. – Eu já percorri aquele túnel sob o lago. Entrei também no que fica na outra ponta, até que ficou tão quente que eu não conseguia mais respirar.

— A passagem não fica lá – Pedro explicou. – Fica bem embaixo do nosso nariz.

— Onde? – Festa perguntou. – Vamos lá, mostre pra gente.

— Está bem.

Ele os levou até o pequeno ancoradouro e a escada. Dez degraus para baixo, onde a linha da água estivera por centenas de anos, tudo mudava de cor. Acima, a madeira era cinzenta e as rochas, marrom-douradas. Abaixo da linha, tudo tinha o mesmo tom marrom-escuro. Havia ali também mais noventa e sete degraus até o leito do lago. Eles desceram.

— Aí está – Pedro disse, apontando para as pedras sob a escada.

— Onde? – Festa, o Menino Velho e o pai de Pedro perguntaram.

— Ali, vejam.

Mas eles não conseguiam ver. Mesmo quando Pedro pegou um balde de água e lavou o lodo das pedras, eles não conseguiram enxergar.

Pedro enfiou o dedo em uma rachadura e fez pressão. A pedra se mexeu.

– Está presa – ele disse.

O pai colocou-se a seu lado e os dois empurraram juntos.

– Aí está você, o pequeno salvador – disse uma voz do outro lado da porta que se abriu.

Era Betina.

– Pronta para morrer, estou sim, muito pronta – ela disse. – O último, tranquilo e duradouro sono. Mas também estou feliz por ter durado o bastante para vê-lo de novo, meu menino.

Pedro e o pai cruzaram a soleira da porta e voltaram para o seu mundo. Festa ficou para trás. O Lado de Fora não era o mundo dela. Tudo que sabia sobre ele era o que Pedro tinha lhe contado. O garoto virou-se para ela e para o Menino Velho.

– Venham – ele disse.

Ele pegou Festa pela mão.

– Eu fico aqui – o Menino Velho disse. – Um dia, o núcleo da Terra esfriará e será possível nadar na água do mar subterrâneo. Nessa hora, meu pai precisará de mim.

– Mas isso poderá levar centenas de milhares de anos – Pedro retrucou.

– Eu sei. Os descendentes dos seus descendentes estarão

há muito esquecidos – o Menino Velho disse. – Se a humanidade sobreviver até lá, terá mudado tanto que não a reconhecerei. Mas meu pai e eu teremos o mesmo aspecto de hoje. Não haverá lugar para nós lá fora.

– Mas...

– Vão – o Menino Velho disse, e fechou a porta.

– Acabou – Betina disse –, e você nos trouxe a paz. Agora vão. Meu tempo está acabando, e preciso me deitar e dormir. Além disso, sua mãe e seu avô estão procurando você em toda parte. O velho diz à sua mãe que tudo vai dar certo, mas ela não consegue acreditar.

– Lembre-se – ela acrescentou quando Pedro conduziu Festa e o pai para o corredor –, é a centésima nonagésima segunda porta.

Eles encontraram a porta e a abriram. Lá estava a escada que os levaria ao mundo real do museu. O calor que sentimos quando voltamos ao lar depois de muito tempo invadiu Pedro e o deixou feliz. Ele queria beijar as paredes do museu, mas não o fez, não com Festa e o pai logo atrás.

– Como eu vou voltar para casa? – a menina perguntou, incapaz de descer os degraus.

– Eu não sei – Pedro respondeu. – Talvez meu avô saiba. Se ele não souber, eu trago você até aqui.

– É melhor você ir na frente – o pai de Pedro sugeriu. – O choque de me ver pode ser demais para seu avô e sua mãe.

Aquele comentário trouxe Pedro de volta à realidade. E a filha e a nova mulher do pai? Quando tudo parecia perfeito, as coisas iam desmoronar outra vez.

– E a sua outra mulher? – Pedro perguntou.

– Mulher? Que mulher?

– E a minha irmã? – ele continuou.

– Sua irmã? Você tem uma irmã? – o pai disse. – Quer dizer que sua mãe tem outra pessoa?

– Não – Pedro respondeu. – Você tem, e tem também a menina, Vitória.

– Vitória? Quem é Vitória?

– Quando eu fui à sua casa, a mulher, a filha dela... – Pedro disse, confuso. – Ela não é sua filha?

– Como poderia ser? – o pai respondeu. – Quantos anos ela tem?

– Cinco.

– Eu fiquei preso na ilha por quase dez anos – o pai de Pedro riu.

– Quer dizer que a mãe dela não é sua mulher?

– Não, ela é minha tia. Ela é irmã do seu avô.

– Mas ela tem a sua idade.

— Ela leu o livro — o pai de Pedro explicou. — Ela foi a primeira da nossa família a ler o livro. Você sabe que o trabalho de sua mãe é catalogar as peças do museu.

— Sim.

— Então, tia Laura fazia isso antes dela. Ela registrava tudo que havia no museu. Foi ela quem encontrou a ficha daquele livro desgraçado. Ficou obcecada por ele e não descansou até encontrá-lo. Ela não sabia de nada, por isso o leu.

— Como ela foi parar no outro mundo?

— Ela foi levada para lá, como eu e você.

Pedro ficou tão feliz que sentiu vontade de chorar. Ele abraçou o pai, e os dois permaneceram mudos no alto da escada. Festa também estava a ponto de chorar, por isso, pai e filho a abraçaram.

— Se não conseguir voltar para casa, você poderá morar com a gente — Pedro disse.

— Vamos achar um jeito de mandá-la de volta — o pai disse. — Não se preocupe. Agora vá — ele disse para o filho. — Vá encontrar sua mãe e seu avô.

— Desçam daqui a quinze minutos — Pedro disse. — A porta não abre do outro lado, por isso, não poderei voltar para pegá-los.

Pedro chegou ao apartamento e abriu a porta. Foi recepcionado pelo cheiro delicioso da comida. Antigamente, não notava coisas assim. Aquele era um dos detalhes que sempre estiveram presentes em sua vida e aos quais já nem prestava atenção. Agora, porém, depois de uma semana comendo frutas silvestres, o aroma do ensopado do avô era tão reconfortante quanto os braços da mãe.

O avô de Pedro estava na cozinha; a mãe, afundada em uma poltrona, olhava fixamente para a lareira.

– Primeiro, meu marido. Agora, meu filho – ela disse, enquanto Pedro se aproximava por trás. – Odeio este lugar.

– Não se preocupe, Estela, Pedro conhece o museu como

a palma da mão – o avô disse da cozinha. – A qualquer momento ele vai entrar por aquela porta.

– Isso mesmo – o menino disse.

A mãe de Pedro se virou, mas antes que ela pudesse dizer qualquer coisa, o garoto atirou-se em seus braços.

– Onde você estava, onde você estava? – foi tudo o que ela conseguiu dizer.

O avô de Pedro veio da cozinha com um enorme sorriso estampado no rosto. Ele piscou para o neto e disse:

– Viu? Eu não disse que ele estava bem?

– Eu fiquei tão preocupada! – a mãe disse.

Pedro começou a lhes contar tudo o que tinha acontecido, mas os minutos passavam, e logo Festa e o pai chegariam.

– Eu conto tudo depois – ele disse –, mas tenho uma surpresa.

– Você o encontrou, não foi? – o avô perguntou.

A mãe de Pedro agarrou-lhe a mão antes que ele pudesse responder.

– Oh, meu Deus, o que aconteceu com a sua mão? Seu dedo, cadê o seu dedo?

– Eu explico depois – Pedro respondeu, mas a mãe estava agitada demais para escutar. Ela envolveu Pedro com os braços e o balançou para a frente e para trás.

— Ao menos você está bem — ela disse.

— Sim — o menino sorriu. — Estou ótimo.

Pedro percebeu que quase esquecera a perda do dedo. Os últimos dias tinham sido tão frenéticos que não tivera tempo de pensar nele.

— Onde está ele? — o avô perguntou.

— Quem? — a mãe disse.

— Meu pai — Pedro respondeu.

— Como? Eu... eu... Não pode ser. Pode?

— Sim, ele está chegando.

— Não... eu... não estou preparada...

Ela pulou da cadeira e correu para o quarto.

— Então, deu tudo certo? — o avô perguntou. — Você levou o livro para o Menino Velho e ele resolveu tudo?

— Sim — Pedro respondeu. — O senhor não vai mais ficar doente.

— Venha cá — o velho disse, segurando a mão do neto. — Eu estou velho e tenho problemas que nenhum livro, nenhum remédio, nenhuma magia podem consertar, mas essa é a vida, a vida como ela deve ser, não a distorção oferecida por aquele livro maldito. Um dia eu vou morrer, e nada vai mudar isso.

— Mas...

– Sem mas nem meio mas. É assim que é, é assim que eu quero que seja – o avô disse.

– Eu pensei que se levasse o livro até o Menino Velho, tudo ficaria bem – Pedro respondeu. – Pensei que o senhor ficaria bom de novo.

– Lembre-se do que Betina lhe disse: "Todos os problemas serão resolvidos". Foi o que aconteceu. Não existe cura para o presentinho do doutor Eisenmenger, mas, se eu me cuidar, se parar de correr por aí carregando chaves pesadas, ainda vou viver alguns anos. Tudo vai ficar bem. A questão não era me fazer viver para sempre, mas restaurar o equilíbrio do tempo e acabar com a maldição do livro. E trazer o seu pai de volta. Agora, posso pendurar as chaves, pois ele continuará a tradição da nossa família. Meu pai, o pai do meu pai e o pai do pai do meu pai foram zeladores. Assim como Festa cuidou de você, nossa família cuida do museu. Sem o seu pai, a corrente estaria partida. Agora, ela foi refeita. Seu pai me substituirá e você o substituirá. Um dia, você será substituído por seus filhos.

– O senhor sabia de tudo o tempo todo, não é?

– Sim, sempre soube do Lado de Dentro e do Lado de Fora. Foi por isso que lhe mostrei os corredores e os depósitos secretos assim que você começou a andar. Eu sabia que você era nossa única esperança de encontrar seu pai.

— Então, quem me fez chegar lá sem o livro?
— Noturno. Ele queria o livro para sobreviver.
— Por que será que mudou de ideia e levou o livro para mim?
— Talvez ele tenha imaginado que poderia controlá-lo se você lesse o livro.

Pedro sentiu-se meio logrado, sentiu que tinha sido enganado e usado pelo avô, mas logo percebeu que, se o velho tivesse lhe contado tudo, provavelmente teria ficado assustado demais para seguir em frente.

Sabia que em muitas situações, quanto mais se pensa, menos se faz. Naquele caso, tudo acontecera tão depressa que não houve tempo para temores. Além disso, ele amava tanto o avô que era incapaz de ficar bravo com ele por muito tempo. O velho podia não ter lhe contado tudo, mas não havia mentido. E o melhor é que agora tinha pai.

A porta se abriu e o pai de Pedro entrou com Festa. O velho abraçou o filho e tirou um peso enorme das costas. Passara o último ano escondendo da nora e do neto as dores da velhice, mas agora poderia descansar. Desse dia em diante, prepararia o jantar e passaria as tardes dormindo na frente da tevê. Seu filho cuidaria das chaves.

Festa permanecia à porta, sem saber o que fazer. Pedro pegou-a pela mão.

– Venha – ele disse. – Vou lhe mostrar meus tesouros.

– Mais tarde – o avô interveio. – Primeiro, o jantar.

Enquanto o pai de Pedro ia ver a mulher, o velho sentou as crianças à mesa e lhes serviu um ensopado de coelho. Foi a refeição mais deliciosa da vida de Pedro. O calor que sentira ao entrar aquecia-lhe agora as entranhas. Festa comeu em silêncio. Só conseguia pensar na própria família, que parecia estar não apenas em outro mundo, mas em outra existência. Fazia apenas uma semana que não os via, mas, naquela semana, amealhara lembranças suficientes para preencher um ano. Ela queria perguntar ao avô de Pedro se ele sabia como ela poderia voltar, porém tinha medo de que a resposta fosse um não.

– Vovô – Pedro chamou. – O senhor sabe como Festa pode voltar para casa? Todo mundo diz que não dá para ir e vir.

– Bem, você e seu pai provaram que essa teoria está errada, não? Vocês voltaram.

– Eu sei, mas Festa não pode voltar por onde viemos – Pedro disse. – Ainda que ela consiga retornar ao vale, não tem como chegar ao outro lado.

– Não se preocupe, existe uma maneira – o avô respondeu. – Esta noite, mocinha, você dormirá na sua cama.

– Verdade? – Festa perguntou.

– Além do mais, precisamos selar a porta por onde vocês entraram. Não podemos permitir que Noturno ou o Menino Velho venham até aqui. O seu caminho de volta, minha jovem, é muito mais fácil e emocionante. Venham comigo.

Primeiro, o avô de Pedro teve de fechar o museu. As duas crianças o acompanharam na tarefa de recolher as chaves e trancar tudo para a noite.

Ao lado da porta principal, um por um, os funcionários das galerias lhe entregaram as chaves, saindo em seguida para a tarde de inverno. Quando as noventa e sete chaves foram reunidas e o último funcionário partiu, eles atravessaram o jardim para trancar os portões. O avô de Pedro tirou a chave imensa do bolso, uma chave tão pesada que o menino só conseguira segurá-la ao completar três anos de idade. Depois de cuidar dos portões, eles voltaram e trancaram a porta principal.

– Sigam-me – o velho disse, e os levou até a galeria dos fósseis.

A lua se infiltrava pelas janelas altas, cobrindo tudo com um brilho azulado.

– Perfeito – ele disse. – É lua cheia.

– Por que isso é importante? – Pedro perguntou.

– Só dá para viajar na lua cheia – o velho explicou. – Nos outros vinte e sete dias, não há luz suficiente.

Ele fitou o teto curvo da galeria, que se erguia quase dois metros acima deles. O morcego gigante *Pteropus patagonicus*, aquele que o professor tinha feito a partir dos desenhos do avô de Pedro, pairava no ar. O velho destrancou um armário embaixo de uma das vitrines e pegou um sino grande. Pendurou-o em um suporte preso a uma coluna e o tocou.

O sino emitiu o som melancólico e enternecedor que Pedro e Festa já conhecem. Era o som do Sino da Jornada.

A música reverberou a tal ponto pela galeria que parecia estar vindo de outra fonte além do sino.

Pedro imaginou que a porta ao fundo da galeria dos fósseis se abriria e que Treliça surgiria. Mas ela não apareceu. Porém, algo se mexeu acima deles.

O morcego gigante abriu um olho e os fitou. O avô de Pedro bateu no ombro das crianças e apontou para cima.

O morcego abriu o outro olho e esticou as asas. Ele se soltou, descreveu amplos círculos no ar e pousou no chão.

— Se algum dia quiser voltar aqui — o avô de Pedro disse —, vá à ilha em dia de lua cheia e toque o sino. O morcego aparecerá.

Pedro segurou a mão de Festa. Pensava nela agora como a irmã que não tinha e sentiu pena de deixá-la partir.

— Eu queria...

— Eu sei — Festa o interrompeu. Ela também se tornara tão próxima de Pedro que já era capaz de terminar as frases que ele começava. — Mas tenho minha mãe e meu pai, não posso abandoná-los.

— Eu sei — Pedro respondeu. — Mas vou sentir sua falta.

— Bem, vocês poderão visitar um ao outro — o avô garantiu. — Sempre que o céu estiver limpo e a lua cheia brilhar.

— Lembra quando me contou os sonhos que vocês tinham? — o menino perguntou. — Eu não prestei muita atenção, mas você não disse que tinha um sonho que envolvia um morcego?

— Sim — Festa respondeu. — Mas é claro! Sabe o que isso significa?

— O quê?

— Bem, nós sonhávamos com o Sino da Jornada, com Treliça e com a enciclopédia, e eles eram reais — ela respondeu.

– E agora, o sonho de cruzar o mundo nas asas de um morcego também é real. Isso significa que todos os outros sonhos devem ser reais também.

– Como são os outros sonhos?

Antes que Festa pudesse responder, o avô de Pedro apontou para a Lua. Ela estava passando pelas janelas e em alguns minutos desapareceria atrás do museu.

– Não temos tempo agora – ele disse. – Vocês vão ter de esperar.

Pedro e Festa se abraçaram, e o velho colocou-a sobre a pele macia do morcego. Ele afagou a criatura entre os olhos grandes e tristes e disse:

– Leve-a para casa.

O morcego levantou voo. Subiu bem alto, atravessou os raios de luar que se infiltravam pelas janelas e desapareceu nas sombras da extremidade oposta da galeria.

Antes de voltar ao apartamento, Pedro e o avô foram até a sala anexa em que a aventura do menino começara. Arquimedes estava sentado na cadeira, com os olhos fixos na múmia de Bastet, a Deusa Gata.

– Por que nós não... – Pedro começou, mas o avô leu seus pensamentos. Eles tiraram Arquimedes da cadeira e a puseram de lado antes de empurrar a vitrine da múmia pela sala, até encostá-la na parede por onde Pedro e os outros haviam caído.

— Isso deve resolver — o velho disse.

Ao saírem da sala, Pedro olhou para trás e pensou ver a múmia inclinar a cabeça ligeiramente para baixo, na direção de Arquimedes, que agora estava no chão, olhando para cima.

— Vamos embora, gato — Pedro chamou, e os três retornaram ao apartamento.

Os pais do menino estavam sentados lado a lado diante da lareira. Só no início da manhã foram tomados pelo cansaço e interromperam as histórias que contavam. Todos foram para a cama.

Deitado no escuro, abraçado a Arquimedes, Pedro ainda tinha a cabeça cheia de perguntas sem respostas. Perguntas que guardaria para o dia seguinte e que seriam respondidas pelo pai e pelo avô.

Algumas perguntas, no entanto, poderiam não ter resposta.

Sobre o autor

COLIN THOMPSON nasceu em Londres, em 1942. Foi serigrafista, *designer* gráfico, gerente de teatro, diretor de documentários, mas nunca trabalhou como lenhador no Canadá nem como marujo nos mares do sul. Colin morou: em uma ilha minúscula nas Hébridas Exteriores, na costa noroeste da Escócia, onde deu início a 20 anos de trabalho com cerâmica; na Cúmbria, onde trabalhou em uma casa de fazenda às margens de uma floresta; em Sydney. Colin começou a escrever e a ilustrar livros infantis em 1990. Desde então, já publicou mais de 35 obras, traduzidas em vários países. Ganhou vários prêmios e muitos elogios pelas lindas ilustrações e pelos textos líricos. Com o livro *Como Viver para Sempre* ganhou o Prêmio *Aurealis Award 2004*, da Austrália. "Sempre acreditei na magia da infância e acho que, se vivermos direito, essa magia não acaba nunca", ele diz. Atualmente, Colin mora em Bellingen com a mulher, Anne, e o cão lebréu Max 2. (O primeiro Max aparece na maioria dos livros de Colin, inclusive neste. Procure com atenção.)

Você pode saber mais sobre Colin no site: http://www.colinthompson.com ou enviando uma mensagem para: colin@colinthompson.com

Leia também:

Sobre a tradutora

IBRAÍMA DAFONTE TAVARES é formada em letras e atua no mercado editorial desde 1988. Começou sua carreira no Círculo do Livro, trabalhou como tradutora e preparadora autônoma e durante três anos coordenou alguns canais de conteúdo da AOL Brasil. Nos últimos anos, tem se dedicado a uma de suas paixões, a docência. Na Universidade do Livro, ministra cursos presenciais e *on-line*.

A marca FSC® é a garantia de que a madeira utilizada na fabricação do papel deste livro provém de florestas que foram gerenciadas de maneira ambientalmente correta, socialmente justa e economicamente viável, além de outras fontes de origem controlada.

Esta obra foi composta em Adobe Garamond e impressa pela Gráfica HRosa em ofsete sobre papel Alta Alvura da Suzano S.A. para a Editora Escarlate em março de 2023